静听长安

王小洲——

著

陕西新华出版

陕西人民出版社

读《静听长安》

（代序）

朱　鸿

　　立冬前后，我断断续续读王小洲的散文。我还一边读，一边想，希望有一些概括和提炼。

　　此书所收作品，涉及内容比较芜杂，不过芟叶剪枝，会发现长安的民俗和乡情是其主干。我是在少陵原上长大的，长安人，兴趣当然也在这个范畴。散文以乡情和民俗为材，其来尚矣，不过五四以后才发达起来。鲁迅、周作人、梁实秋和汪曾祺都是在这个领域稼穑的大家。陕西散文也不缺这个方面，而且正是乡情和民俗的写作使一个又一个作家得以立身。置王小洲的作品于斯背景，他的散文也就有了来路。

　　虽然以民俗和乡情为材，此书仍有别异之处，这就是，它的民俗和乡情多以饮食表现。凡面条、麻食、老鸹颡、麦饭、榆钱、饺子、凉粉、蒸饭、醪糟、酒、茶、白水，一一道来。作品之生动，在于有画面，有气氛，尤其有感受，因为这类饮食小时候用，现在仍在用。表现饮食，并非孤立介绍，恰恰相反，是把饮食融于生活之中，或是通过饮食反映了生活。饿了吃榆钱，渴了也不喝白开水，因为喝白开水反胃，要呕吐的，都是颇具个性的体验。把麻食分为勤麻食和懒麻食，自己缠着母亲要吃搓麻食，就是勤麻食，也很有意思。

此书还收了一些农耕生活必须存在的角色，包括麦客、杀猪匠、骗匠和赶脚猪的老头。这些作品直入农耕生活的深处，正统文化往往是会忽略的，但如此角色却含有稠厚的文化信息，当归人类学。马四伯父子及苍苍芦苇的故事，也自有攻心的力量。

王小洲的散文，烟火气很重，世俗气很重，我以为这也正是其价值所在。语言流畅，不事雕琢，显出一种天然和本色，不也是一个特点吗？

散文易作而难工，此为作家和学者的通识。我也是这样认为的，所以必须努力。我也愿意邀请王小洲及同道共同努力。是否响应，也未可知。不管响应不响应，反正我是要努力的。

2019 年 1 月 20 日于窄门堡

（本文作者系陕西省作家协会副主席）

目录

春天的荠菜吃的是新鲜，冬天的荠菜吃的是味长；春天的荠菜吃的是希望，冬天的荠菜吃的是回忆；春天的荠菜吃的是活力，冬天的荠菜吃的是积蓄。

{关中面食}

常言道："南方的米饭北方的面。"南方多水，北方多土；南方水广，北方土厚；水适宜栽稻，土适合种麦。故而，一般来说，南方人喜欢吃米，北方人喜欢吃面。

南方米食的种类屈指可数，除了米饭、米粉、米糕、米线等，一般人很难再说出其他的做法来。相反，北方的面食则种类繁多，仅"大牌"面条就有兰州拉面、山西刀削面、河南烩面、北京炸酱面、吉林延边冷面、陕西臊子面和𰻞𰻞面等。陕西的黄土厚，最适合于种麦。相传商代，山东半岛的莱国就种麦子。周人始祖后稷在邰地教人稼穑，周人秉承祖业，一直很重视种植。西周初年，岐山的周人就学会种麦子，迁都丰镐以后关中平原开始大量种麦子。战

国时秦国的郑国渠修成后，"西引泾水，东注洛水"，有利的灌溉条件就让关中成为天下大粮仓，也成了最早的天府之国。多个朝代相继在长安建都，造就了长安千年古都无与伦比的地位。麦子成了关中的主要农作物，面食自然成了秦人的主食。

关中人爱吃面，离不开面，一天不吃面就好像没吃饭，三天不吃面就犯困，没精神，像霜打了一样。关中人吃面上瘾，天天吃面也不腻，一天三顿吃面都不嫌烦。外地人调侃关中人吃饭是"米汤面，面米汤"，总不离面。关中麦子三年两熟，受土时间长，汲取了黄土的精华，因而麦面吃着实在，吃着瓷实，吃着耐饥。用关中人的话来说，吃一顿面，哪怕三天不吃饭走到人面前也能打个饱嗝。吃了面浑身舒坦，有着使不完的劲，出不完的力。

面条吃着男人长个子，因而山东半岛有山东大汉，陕西有关中大汉。关中的面种类更多，按做法分为拉面、扯面、擀面、揪面、挂面、卤面；按吃法分为干面、汤面、炒面、烩面、拌面；按汤的种类分为清汤面、臊子面、酸汤面、浆水面；按形状分为旗花面、棍棍面、裤带面、丁丁面。关中有名的面食有岐山臊子面、长安臊子面、户县摆汤面、户县软面、礼泉烙面、合阳踅面、杨凌裤带面、耀县咸汤面、灞桥丁丁面、澄城手撕面、三原拨刀面。

关中面食虽然很多，但是关中人最爱吃的还是𰻝𰻝面。说起𰻝𰻝面就想起了一个辈辈口口相传的古老谜语。谜面是"一点飞上天，黄河两道弯，八字大张口，言字往里走，东一扭，西一扭，左一长，右一长，中间夹着个马大王，月字旁，心字底，留个钩钩挂麻糖，坐个车车逛咸阳"，谜底就是𰻝𰻝面的𰻝字。我刚学会认字时候大人就教会了这个谜语，只是𰻝字太难写，老也写不会。据说陕西方言𰻝字是笔画最多的汉字，也是最难写的汉字。其实，它是民间流传的合体字，属于文字游戏式的字形拼合，在字典和字库里都没有收录，但却构成了一种独特的陕西文化。

𰻝𰻝面薄了不耐煮，厚了嚼不断，薄厚适宜略带一点膘，吃着柔软又有嚼头。下到开水锅里，大火煮上几开，稍稍捂上一会儿。喜欢吃过水的，就捞到面盆里用冷水冰一下，盛进大老碗，穰穰的另另的。喜欢吃黏络的，从铁锅里直接捞到青瓷老碗里，热腾腾的黏黏络络的。配上葱蒜，放些油泼辣子，白是白，红是红，青是青，不吃看着都是香的。端到街上，圪蹴在房檐下，或者站在石头上，或者蹲在碾盘上，用筷子高高地挑起一根面条，放进嘴里吸得出溜出溜的。嘴角流油，嘴唇发红，满嘴葱蒜香，满头大汗，吃得痛快，吃得刺激，吃得够味，吃得酣畅淋漓。关中人讲究原汤化原食，吃面一定要喝面汤。面汤里的都是精华，人们调侃面汤比面更有营养。吃饱了，喝胀了，浑身都是舒坦的。稳稳食，谝一会儿闲传，吼一段秦腔，过瘾得很。大口吃面，大口喝汤，大声吼秦腔。这就是关中人豪爽的秉性，这就是赳赳老秦人的风采。

擀面是女人的本事，面条是男人的面子。在传统社会，关中女人擀得一手好面，就能找上一个好男人，就能赢得婆家的尊重。男人有一个会擀面的女人，就是男人最大的荣耀，也是男人最大的幸福，会擀面的女人为男人挣够了面子。当然现在时代不同了，但会擀面仍然是让人佩服的技能。

城区的老街有一家面馆，老板娘面擀得好，吃着香。来吃面的都是回头客，吃了一次还想吃第二次。面馆门店不大，招牌有点斑驳，桌椅也半新不旧，调侃的人们给这家面馆起了一个有意思的名字"脏又香"。一传十、十传百，"脏又香"就传开了。好事不出门，"坏事"传千里。"脏又香"很快就誉满全城，来品尝的人络绎不绝。十平方米的小店，人老满满的，有的客人索性端起碗，拉起小凳子坐在道沿上有滋有味地吸着嚼着，吃相憨态可掬。店门外几位老主顾散漫地站着，耐心地等着，引来众人好奇的目光。

遍遍面很筋，吃着有嚼头。吃了遍遍面的关中人骨子里也有根筋，有着一股犟劲，做人做事都很硬气。认准的事一干到底，十头牛也拉不回来，百折不挠，哪怕头破血流，哪怕粉身碎骨，撞了南墙也绝不回头，人称"关中楞娃"。正是关中男人的牛犟和楞劲，才让当年日寇的铁蹄止步在中条山，被挡在黄河以东。

遍遍面很宽，吃一口几乎塞满了嘴，它如同关中人宽阔的胸怀。关中人有海纳百川的气量，有兼容并包的胸襟，滋养了汉唐雄风，成就了汉唐的辉煌。关中人有着宽阔的肩膀，忍受着民族的苦难，肩负着民族振兴的重任，传承着民族的星火。

遍遍面很瓷实，经过了千擀万擀。关中人像遍遍面一样瓷实，实在得一勺一碗，心里想什么，嘴里就说什么，说话时恨不得掏出心窝子，一是一、二是二，绝不藏着掖着，更不口是心非；实在得说话从不拐弯，直来直去，端南正北，如同西安的城墙，立着一丈二，倒了还是一丈二。

遍遍面是关中人的物质财富，秦腔是关中人的精神财富。它们是关中人的胎记，是关中人抹不掉的记忆，是关中人永远的符号。

它们融进关中人的血液，渗入关中人的细胞，成为关中人的基因。无论在天南海北，无论在大洋东西，都不会丢掉。丢掉了邋邋面和秦腔，关中人就没有了根，没有了源，也就找不到家了。

{长安事酒}

无酒不成宴席。从前长安乡下无论红白喜事，招待亲戚朋友，酒是少不了。农民口袋里羞涩，买不起太多的白酒。乡间约定俗成，早上臊子面前吃"定碟子"（周围一圈牛肉、头肉、火腿、莲菜、油豆腐块，中心是凉拌豆芽，顶上一只八瓣的煮鸡蛋花）时喝白酒，下午吃"十二件子"或者"十三花"时喝自家酿的事酒。

事酒，顾名思义就是为过事而酿造的酒，《周礼》郑玄注云"事酒，有事而饮也"。长安事酒是长安地区乡村农民过满月，订婚、结婚，去世、三年，盖房立木、上楼板、打现浇，过年、过会时，自己家里酿造的一种酒。长安事酒，说起来是一种黄酒，用米或者麦子加上"大曲"（做酒的酒曲）发酵酿造而成的，颜色发黄或者黄褐，甘甜清香，没有白酒的辛辣，喝着十分爽口。

长安事酒有着悠久的历史。《周礼·天官·酒正》记载："辨三酒之物，一曰事酒，二曰昔酒，三曰清酒。"事酒是三酒之一。事酒色味俱佳，是难得的酒饮。割麦时节，男人们汗流浃背地走进家门，喝上一碗事酒，顿时清凉，渴意饿意全无，乏气解了大半。

酒这东西说起来也怪。喝酒要看心情。心情好的时候想醉却喝不醉，心情糟透了时两杯三杯下肚就醉成烂泥。遇到喜庆事、高兴事，痛痛快快喝上几碗，喝他个一醉方休，喝得满脸通红，满嘴酒气，十杯八杯就是不醉。乡间人说"耍钱图赢，喝酒图醉"。有了烦心事、忧愁事，几杯下肚，一会儿就醉得不省人事，如同死了。原本借酒消愁，醉醒后谁知愁上加愁。喝酒还要看对象，酒逢知己千杯少，话不投机几杯醉。

酒场就是人场，酒品就是人品。豪爽的人，一饮而尽；扭捏的人，半饮半就；大气的人，滴酒不遗；小气的人，积酒不少。有人以文会友，有人以酒会友。有人酒后兴奋，话语滔滔不绝；有人酒后头昏脑涨，倒头就睡鼾声大作。常言说，酒后吐真言。醉生梦死无所顾忌，平日里不敢说的实话，不想说的真话，不愿说的心里话，不该说的公正话，靠着酒劲全部竹筒里倒豆子，一五一十说出来。酒醒之后，说的话忘得一干二净，别人提起，自己后悔挠腿。后悔也为时晚矣，说了就说了，反正是酒话，已随酒而去。

在老家，家家都会做事酒。不过同样做事酒，口感却大不相同。对门五爷做的事酒最好喝，五爷是村里做事酒的老把式，他有三个儿子两个女儿，每一个儿女结婚出嫁，他都要提前一年做好事酒。

做好后，埋在后院的红芋窖里。经过窖藏，有了地气，香得多，醇得多。五爷做酒很讲究，用的麦子是上好的白小麦，大曲是自己亲手扎的，水是村里凉水泉的泉水。五爷做事酒有点与众不同，在封缸时，还要特意放些柑橘皮和一块上好的肥肉。开缸时，那事酒红红的，透亮亮的，闻着都醉了，满巷子飘着事酒香。端起一碗一饮而尽，那种爽劲甭提了。

做事酒之前首先要制曲，俗称扎曲。大曲的好坏决定着事酒的质量。扎曲要经过炒药、磨粉、和曲、踩曲等几个环节。大曲要用到乌药、白芷、陈皮、细辛、当归、甘草等30多味中草药。乌药需炒熟，碾碎和其他中草药拌在一起。炒乌药的火候一定要拿捏到位，炒得生了虽然酒很香，但是有毒，喝了以后浑身发麻，严重了还会死人的；炒得过了，酒就没有劲。我是领教过生乌药事酒的厉害的。二十几年前，一位初中同学结婚。席间事酒很香，一时贪酒多喝了几杯。谁知回家的路上浑身发麻，脸上的肌肉直抽搐，上下牙齿直打战，像发摆子一样。身子奇痒，仿佛千万条虫子在我的血管里、肌肉里爬行。母亲见状烧热了炕，让我在热热的炕上睡了整整一下午。直到夜幕降下，明月西悬，群星闪耀，我的身体才恢复了。

做事酒，产米的地方用米，产小麦的则用麦子。米酒需要浆米、蒸米、晾米、和米、入缸和发酵等过程，最关键还在于晾米。浆米，就是用清澈甘甜的泉水把做酒的糯米浸泡，待米出了浆，淘洗干净。做事酒关键在晾米，米的温度晾至25℃即可。添加适量的大曲，搅拌均匀，装入瓷缸，封好缸口然后放入恒温20℃左右的阴凉处。大约20天，事酒就熟了。

东大落驾庄王家是做事酒的专业户，祖祖辈辈做酒。据说王家的大曲方子秘不示人，乌药等中草药比例与众不同。每次做事酒之前，王叔父子都要虔诚地去鸠摩罗什译经的草堂寺烧香，而且动身前还要沐浴更衣、祭祀酒神。也许是王叔父子的虔诚感动了酒神，也许是神仙也想喝好酒，总之他们每次做的事酒都很好。酒香不怕巷子深。王家的酒坊名曰醉仙居，方圆百十里都很驰名，西安城里的好多人慕名而来，一个人每次都买好几桶。春节前事酒供不应求，王家父子忙坏了，也乐坏了。秦镇长安居和蒲家事酒也不错。每过上一段时间，我都会到那里，喝上一壶事酒，吃上两碗凉皮，那种"品麻"，给个皇帝都不当。

事酒伴着长安人从满月、订婚、结婚、去世，直到去世三年的整个一生，伴着长安人盖房立木、上楼板、打现浇、过年过会的每一件大事。长安人的生和死、长安人的哭和笑、长安人的喜悦和成功，都在事酒里。

开席了。乡党，喝事酒走。

｛麻食｝

沐浴着春光，嗅着泥土的气息，我回到乡下老家。走进村子，已是午饭点。三伯端着一碗麻食，圪蹴在村口的大槐树下，津津有味地吃着。一旁的"随身听"里，正播放秦腔当红须生丁良生那慷慨悲壮的《伍员杀府》。看到我，三伯热情地招呼我吃麻食。

麻食，又名麻食子，还可写作麻什或麻什子，是关中农村再普通不过的一种面食。一方水土养一方人，一方人造一方食。关中自古是天府之国，肥沃的渭河平原盛产小麦，面食是关中人主要的吃食。说麻食普通，在于家家都会做，人人都吃得起，随时随地都可以吃。麻食据说也有七八百年历史了，相传最初是关中的回族人祖先发明的，后来被三秦汉民接受和喜爱，广泛流传，如今是陕西、甘肃、宁夏等西北人最喜欢吃的面食之一。

麻食分为搓麻食和擀麻食，乡人把搓的麻食叫勤麻食，把擀的麻食叫懒麻食。搓麻食需要用手一个一个搓，做起来麻烦又费工夫。擀麻食就简单多了，擀成厚一点儿的面，切成小斜角，反复揉搓就行了。在乡下老家，村民很喜欢吃麻食，闲了搓麻食，忙了擀麻食，一周至少吃上一两顿，一周不吃就想得慌。

我不喜欢吃擀麻食，只吃手工搓的麻食。我学做的第一顿饭就是搓麻食。那时只要家里吃麻食，我就央求母亲搓麻食，并且以自己帮母亲搓麻食作为交换条件。要知道，过去在关中乡下，做饭是女人的事，女孩从小帮母亲洗碗做饭，女人要干家务，是在屋里守家的，这是祖祖辈辈天经地义的事，有女人才有家，男孩子是不学做饭的，男人是干大事的，要走南闯北，有男人家才有支柱。母亲经不起我的软缠硬磨，同意了。母亲和面，我帮着洗菜。面团在母亲的手下被揉得光溜溜的。只见她用力拽下一团面，使劲搓成一条粗一点的棍棍面，接着掐指甲盖大小一点，放在草帽檐上，用右手大拇指用力一搓，其他四个指头轻轻一拨，一个带花的小面卷——麻食就摆在案板上了。我学着母亲的样子，笨拙地搓成了第一粒麻食。一回生、二回熟，一根棍棍面掐完，我搓麻食的技术熟练多了。

母亲边搓麻食，边和我拉家常。说是拉家常，其实多是她说，我不过是忠实听众而已，偶尔也会应和几声。不到半小时，案板铺满生麻食。我得意地欣赏自己的杰作。母亲的嘴角露出了微笑，夸我的麻食搓得好。母亲的夸奖，让我爱上了做饭，不再像父辈那样，离了女人没饭吃。

说起来最好吃的，还是炒剩麻食。过去在乡下，家里做麻食时，往往都做得多一点，剩下的第二天炒着吃。平时饭菜油水少，炒麻食油会倒得多一点，炒出的剩麻食比新做的都好吃。

吃麻食成了我一大嗜好。从前在乡下教书的日子，周末参加电大学习时，我最喜欢吃的就是韦曲老街小吃坊的麻食。两周不吃就馋得慌，第三周就是两大碗，只有这样才过瘾。就连请女朋友吃饭，也是吃麻食。记得那家麻食店，门面不大，只有小两间，不足十平方米，四五张桌子，收拾得挺干净、舒心的，一对年轻夫妇经营着。他们家麻食筋道，配上西红柿、胡萝卜、黄豆、黄花菜、绿叶菜、木耳、蘑菇、紫菜等，红黄绿黑紫白，色彩斑斓，烩的、炒的、干拌的，麻辣的、三鲜的，海鲜的、普通的，口味俱全，香气四溢。食客常常爆满，有时还需排队等候，有些食客宁肯"屈驾"站在店门口吃。

在我们家，我喜欢吃搓麻食，儿子喜欢吃擀麻食，萝卜青菜各有所爱，只是妻子做麻食就麻烦多了。好在她耐得泼烦，做麻食常常是"一锅两制"，当然这麻食也就更有味道、更香了。

如今城乡夜市的烤肉摊、串串摊上，除了烤肉和串串，最多的就是麻食。"烤肉、串串、麻食、炒面，吃！来坐！"摊主们那抑扬顿挫的西安口音的吆喝声此起彼伏，一家比一家有诱惑力，麻食、烤肉和串串的香味飘得很远。不少小饭店的主食簿上，麻食也赫然在列，看来麻食的确是关中人的至爱。

我喜欢吃麻食，也因了蕴含其中的那份乡情与亲情。

{老鸹颡}

老鸹颡（颡，关中方言发音"sá"）又叫老鸹头，是关中乡间的一种不起眼的面食。关中方言把头叫作颡，因这种面食形状有点像老鸹的头，故乡间称老鸹颡。老鸹颡不是面食里的阳春白雪，而是下里巴人。从前在乡村它像"狗肉一样上不了席面"，是端不上餐桌的，村民们也不屑吃，更不要说登上城市饭店的大雅之堂了。

老鸹，学名乌鸦，浑身羽毛乌黑，就像关中黑猪，民间认为是一种不祥的鸟儿。关中方言有俗语"老鸹笑话猪黑"，足见其黑。人们常说"天下老鸹一般黑"，可见全国各地老鸹都是黑的。老鸹叫起来呱呱的，其声凄厉，其情惨淡，如同在木头上剐割一样，听着让人心神不宁，烦躁瞀乱。常言说："老鸹头上过，无灾必有祸。"出门遇见老鸹，乃不祥之兆，也是乡人最忌讳的事。由此可见老鸹颡也不是什么高档的面食。我小时候的记忆里，老鸹颡是农村懒婆娘做的饭。勤快又能干的家庭主妇是不做老鸹颡的，只有在忙得勾鞋顾不得拾帽子的时候，偶尔做上一半顿。经常吃老鸹颡的人家，街坊四邻就会嘲笑主妇懒，男人也会没面子的。

至于乡下人为什么把这种面食叫老鸹颡，而不叫喜鹊颡、黄鹂颡，我想皆与懒婆娘饭的恶名有关，也与老鸹的污名是分不开的。"好事不出门，坏事一阵风"。老鸹颡的名字随着秦岭下山风传播，伴着沣水和渭水扩散，在关中乡间就叫开了。虽然家喻户晓、妇孺皆知，但不受人青睐。

村里过去曾发生了一件有关老鸹颡的悲惨故事。同巷子六婆人有点颡（关中方言，发音 wāi，意为厉害），又添烦，嫁给六爷这个老实头。早年一连生了几个娃，不幸的是都夭亡了。后来生下五女叔（为了好养活，六婆就给他起了个女娃名字），长得倒是健健康康的，就是随六爷是个榆木疙瘩。瞎鸟碰上了好谷穗子，五女叔娶了第一房妻子巧巧婶。巧巧婶就像她的名字一样既俊巧又绵软，满巷子男人都眼红。第二年生了个女儿，一家人过得挺和美。不过六婆和巧巧婶经常闹矛盾，五女叔既怕六婆，又不敢得罪巧巧婶，常常像风箱里的老鼠夹在中间受气。一天巧巧婶午饭做了顿老鸹颡，遭到六婆一顿臭骂，巧巧婶翻了几句嘴，一下子惹怒了六婆。六婆气得浑身打战，一怒之下脱下鞋子打了巧巧婶一个耳光。巧巧婶心里想不通，结果喝了敌敌畏死了。巧巧婶娘家人一场大闹，把六婆折腾得够呛，五女叔成了鳏夫。

六婆年轻时是村里的"运动红"，每次"运动"都是骨干，人很厉害。眼看着儿子一天天打光棍，六婆一下子着了急，四处托人给五女叔续弦，但一直没有回音。六婆熬煎得吃不香睡不实，最后只好托媒婆"连长"婶到商洛找了个山里妹。这山里妹春草婶粗毛大骨头，懒收拾，做饭失急慌忙很粗糙，切的洋芋丝像板凳腿，切的臊子块大如积木，六婆肠子都悔青了。最让六婆不能容忍的是她常常爱做老鸹颡，弄得六婆打掉的牙只能往肚子里咽，有苦说不出来。真是一物降一物，走黑路怕鬼偏偏碰到鬼。六婆的威风扫尽，巷子里再也难见她的笑容，也很难听到她高嗓门的说话声。

不过初中时我也做了一次"懒婆娘"，亲手做了一顿老鸹颡。上初中时放秋忙假，我有点懒不愿下地干活，毛遂自荐承担起了在家做饭的任务。两个姐姐一手拎着镘头，一手拿着毛巾下地砍苞谷秆去了，我一个人清闲自在地在院子里玩了起来。玩兴正酣，不觉太阳快要跃上头顶，猛然一看电子手表已经十一点半了。姐姐马上要回家吃饭，看来难免要遭一顿臭骂了。我一下子慌了神，头上直冒汗，又是抓耳又是挠腮，失急慌忙洗手做饭。急中生智，我灵机一动，干脆做一顿老鸹颡。

做老鸹颡的稠面糊有点像烙烧饼子的软面团，软硬要适中，既不能太稀，稀了下到锅里没形，就成了麦面糊糊或者疙瘩汤了，但也不能太硬，硬了筷子是夹不动的。我用筷子使劲地搅动面团，或顺时针或逆时针，一圈一圈反复搅匀称，饧到一旁。生火烧水，给灶膛添上大块硬柴，火苗呼呼在灶膛里欢快地唱着歌，扭动身子兴奋地跳着舞。我麻利地洗涮泡好的黄豆和粉条末，洗豆腐，淘葱和青菜，刮洋芋。豆腐洋芋切成丁，葱和青菜剁成小段。小锅烧油，一会儿油锅上就油烟腾腾，菜籽油油香四溢，我三下五除二把菜倒进油锅，上下翻炒。狭小的厨房蒸汽弥漫，香气飘荡，我俨然厨神一般。

大锅里的水已烧开，万事齐备。我揭开锅盖，左手托起面盆，右手拿起筷子，开始最后一道工序——夹老鸹颡。瞅着面团，选好角度，竹筷子用力一夹，一个个老鸹颡像鸭子一样跳入翻滚的水中。我左手不断地转着面盆，右手伺机不断地夹。夹老鸹颡也有技巧，既不能大了，也不能小了，还要匀溜。一阵大火，铁锅口的蒸汽圆了又散，散了又圆。几开之后，锅里漂满了白生生的老鸹颡，个个攒动，如同满河小白鹅，十分可爱。看着锅里的老鸹颡，顿时来了食欲。当两个姐姐汗迹斑斑地回到家里，老鸹颡刚刚做好。不知是饿了，还是我做得香，我们姐弟三人都吃了几大碗。那是我吃过的最香的老鸹颡。

打墙板翻上下，如今，老鸹颡不仅像小麦一样进了城，而且丑小鸭变成了白天鹅，堂而皇之跃上高档饭店的主打主食。老鸹颡配上甲鱼汤、排骨汤、鸡汤和各种高汤，有了好多不同的口味，既有营养又好吃。就像一个男人西装革履，更显英俊潇洒，更像一位服饰多变的美妇人，用不同的美吸引着周围的人。驰名古城的"金地源老鸹朣"（朣，颡之误写）分店开了一家又一家，其他饭店老鸹颡也赫然跃上食谱，老鸹颡成了高贵的面食，从此和平民拉开了距离。

这不，几个月没吃就有点想念，邀上几个朋友，喝上几两西凤酒，吃几碗老鸹颡。几杯酒下肚，话就多起来了。从雾霾说到环保，从"打老虎"聊到"拍苍蝇",从萨德系统说到中韩关系,从汪曾祺扯到刘亮程,从陈忠实谈到贾平凹,最后又回到了老鸹颡。喜欢较真儿的朋友说"这老鸹颡不是真正的老鸹颡,其实是拨鱼",另一个则说"应该叫疙瘩汤",两个人争得面红耳赤。中庸的作家朋友则慢条斯理地说"只要好吃就行,管它是什么,叫什么"。说着,谝着,争着,吵着,不觉酒店人去楼空,大家方各自散去。

老鸹颡从前在乡下留下懒名,如今在城里成了美食。真是"物离乡贵,人离乡贱",难怪人说"人靠衣服马靠鞍"。老鸹颡已不是过去的老鸹颡,也不是乡下的老鸹颡了,不得不对它刮目相看。

不过我还是喜欢吃从前乡下的老鸹颡。

{白蒿麦饭}

清明节前一周，岳母从乡下捎来一撮白蒿，妻子做了一顿麦饭，我美美咥了一顿，吃得盆光碟净，就像狗舔过一样，肚子胀得像一面鼓，手一拍嘭嘭的，害得我在家属楼下走了半天。不过那种素淡清香至今犹在嘴里，想起来就口舌生津。

白蒿，是一种多年生的野生植物，老家长安乡下又叫它茵陈。白蒿在乡下并不是什么稀罕物，小河边、水渠畔、树荫下、田间草路上，甚至村中的粪堆旁，特别是荒地上随处可见。见得多了也就不足为奇，很少有人会去瞥上一眼，更不要说采摘了。说起来白蒿也是神州大地的老主人了，比秦兵马俑早多了，《诗经·召南·采蘩》里就有这样的诗句："于以采蘩？于沼于沚。"蘩就是白蒿。三十年河东三十年河西。白蒿在古代可高贵多了，"于以用之？公侯之事。"那可是周代贵族祭祀用的上品。但在上世纪却是无人问津的贱草，任凭风吹雨打脚踩马踏自生自灭。不过今非昔比，如今白蒿却成了城市人餐桌上的佳肴，成为时尚的保健食品，难免有点不可理解。草木如此何况人呢？世事难料，变化无常。

古语"雨水三候，草木萌动"，二月底白蒿就破土而出露出了尖尖的小脑袋。草长莺飞三月天，进入三月，春风吹着白蒿苗呼呼地长，春雨滋润着白蒿苗勃勃地发，不几天就比手掌还大。一场春雨过后，菊花叶子似的蒿叶一层一层冒出来，一圈一圈紧紧密密地绕在根的周围，十分繁盛，极富生命力。周人称白蒿为蘩也许就是它长得繁茂，用它做祭品也许就取其生命力旺盛生生不息之意。到了清明前后，白蒿细细的叶子正面嫩生生、泡渌渌、水灵灵的，背面白毛毛的，出脱得像一位丰盈的少女，谁见了谁爱，咬上一口绿汁直流。"三月茵陈四月蒿，过了五月当柴烧"。三月的白蒿风华正茂是佳品，犹如女人一生中最美的阶段，正是采摘的最好时节。这也许符合国人处世的哲学，凡事均有度，拿捏得恰到好处就是好了，相反就坏了。"春日迟迟，卉木萋萋。仓庚喈喈，采蘩祁祁。"《诗经·小雅·出车》就有三月采白蒿的记载，在采摘白蒿的人群里我看到了自己的祖先。看来采白蒿也挺富于诗意的，采白蒿本身就是诗，就是文化。我为祖国传统文化的自豪之情油然而生。

西安城南郊有一地方小吃馆，近几年挖掘民间特色吃食，每年三四月都会推出茵陈麦饭。这家小吃馆不大，地方也很不起眼，在一背巷子里，价格也不便宜，但是慕名而来的食客却不少，回头客更多一些。有的客人驱车百公里，就是为了能吃上这茵陈麦饭，而且多年来始终如一。酒香不怕巷子深，好吃食不怕地方背。一顿白蒿麦饭的钱不够加油钱，实在有些不划算。没办法，客人就好这一口。

清明节那天在从父母坟头走回的田间草路上，无意中我看到了许多杂生在草丛里的白蒿。先一天淅淅沥沥的小雨把白蒿叶子洗得净净的，看上去嫩闪闪、鲜亮亮的，是那样养眼。我为之一喜，迫不可待地俯下身子，蹲在草丛中仔细地掐起白蒿叶子来，一会儿工夫就掐了一塑料袋子，足够吃一顿麦饭再烙一次饼了。我高兴地提着袋子，如同一个满获猎物的猎手，心里充满了喜悦的成功和希望。我边走边忘情地吟诵着"春日迟迟……"，仿佛自己就是《诗经》里的采蒿人，是咏出"采蘩祁祁"的平民诗人。

当天晚上，我亲自下厨做起白蒿麦饭来。打开袋子，倒出白蒿叶子，精挑细选一番。把白蒿洗得干干净净，稍稍切碎，晾上一会儿。待水汽稍晾干后，撒上一层薄薄的面粉，面粉不可太多，多了则硬，亦不可太少，少了则软，只有恰到好处，熟了以后吃起来才蓬松可口。放上盐和调料，搅拌均匀，装到铺好屉布的箅子上，放到水已烧开的钢精锅里。数分钟后，锅盖周围一圈热气蒸腾，厨房里烟雾缭绕。这时将煤气灶的火调小，文火再烧上十分钟，满屋子里弥漫着白蒿淡淡的野菜香味，白蒿麦饭就做好了。我原本贪婪的胃经不起诱惑了，几十双手从喉咙伸出来，像十天半月没吃上一顿饱饭的乞丐，揭开锅盖就盛上一碟子。好香啊！我匆匆洒点香油，放上白里透黄的油泼蒜泥和红红的油泼辣子，神仙一样有滋有味地吃了起来。那种野香，那种松软，那种芳醇，让人觉得并非是人间美味，而应是天宫的佳肴。然而我还不过瘾，第二天又烙了一顿白蒿饼，吃着白蒿烧饼那又是别一番风味，舌尖上又是另一洞天，我又饱了一次口福。

白蒿不仅可以食用，还可以入药。说起来它亦是一种寻常却非常有用的中草药，性辛苦微寒，具有清热利湿的功效。《神农本草经》《唐本草》《千金方》《本草纲目》均有记载。白蒿做药用也是有季节性的，三四月的白蒿才能入药，过了五月白蒿就真成了野草，一点用都没有了，只能烧火了，烧火还没焰，一瞬间就燃尽了。

长安自古帝王都，吃食和菜系汇聚各地特色，因而也就没有特色，更谈不上菜系。长安人过去是不屑吃白蒿麦饭一类端不上餐桌的饭食的，京兆乡下亦如此。宋代以后长安成了废都，长安人从皇城根贵族沦为西部乞丐。即便如此，长安人宁肯挨饿也不吃那些"下三烂"食物，就像一头驴死了架子不倒，如同那文人标志的破旧的长衫，孔乙己再落魄都不愿意脱去。如今长安城里时兴吃白蒿麦饭，也许是追星北上广，也许是一种自我觉醒，也许是历史车轮裹挟，不管怎么说都是一种转变。

一种地方吃食，折射一方人的心理，也展现着一处的文化，反映着一种思想，可不能小看这白蒿麦饭呀！

小看还是大看，民以食为天，先尝个鲜吧。

{榆钱}

榆钱，其实就是榆树的花。榆树和玉兰、红叶李等树木一样，先开花后长叶。榆树的花片翅果近圆形，其外形圆薄如古代的麻钱，故名榆钱。榆钱谐音"余钱"，因而过去乡间人讲究吃了榆钱就有了余钱，其实这只是人们的一种美好愿望而已，有钱人是不吃的，吃榆钱的都是穷苦人。榆钱既可以生吃，也可以做成榆钱饭，熬成榆钱粥，制成馅包包子。榆树皮含纤维和淀粉多，过去遭年馑时，它可是乡间人的救命粮，熬稀粥或者打搅团充饥，帮乡民度过饥荒。

榆树是比较耐寒的树种，属榆科落叶乔木，在北方很常见，因而有"南榉北榆"之说。过去，在农村老家榆树确实不少。榆树不同于速生的白杨，它长得较慢，年轮紧密，纹路清晰细腻，木质硬坚。

亦因为这一点，乡间称实诚的人或者脑子不开窍的人为"榆木疙瘩"。

榆木结实耐用，是打家具的首选木料；榆木家具历史悠久，早期以供桌、供案为主。榆木难伐难解，因而显得贵重，百年榆木甚至可以和楠木相媲美。乡间人用不起榆木家具，最多用榆木做家具腿子，"松木板榆木腿"对他们来说就是最高档的家具了。榆木案板也是案板中的上品，过去谁家有一块榆木案板会引来半个巷子艳羡的目光。

因榆树长得慢，村民们看不见眼前的经济效益，其病虫害又多，所以后来老家乡村鲜有栽种。如今榆树在家乡成了稀缺树种。我也再吃不到榆钱了，榆钱已经成为我们舌尖的记忆。今天的孩子大多已不认识榆树了，更不要说榆钱，只能笑问榆钱是何物了。

记忆中，雨水刚过，沉睡了一冬的大地开始睁开惺忪的眼睛，春风吹来第一缕绿色，柳叶染绿了枝头，淡绿的榆钱就缀满了高大的榆树的枝丫，层层叠叠，密密麻麻，疙疙瘩瘩。很快榆钱由绿变黄，最后金灿灿的，这时就可以生吃了，一串串馋得人直流口水。

望着满树金灿灿的榆钱，我们捋下来一大把，直接往嘴里一塞，大口大口地咀嚼着。黄绿的汁液顺着嘴角直流，顿时口舌生津，清香、甘甜、醇美的感觉迅速从舌尖传导到全身，每一个味觉细胞都是舒坦的。

小时候，我常常翻墙偷摘大伯家榆树上的榆钱。大伯家后院有一棵榆树，有大老碗粗，直挺挺地插向湛蓝的天空。每年榆钱长成的时候，我像一只小馋猫站在自家的房后，隔着墙直愣愣地望着满树鲜嫩的榆钱，不住地咽着口水。

放学后，我和小伙伴"瘦猴""大个子"直奔我家后院，我和"瘦猴"在下边用力托起"大个子"爬上土墙头，递上早已准备好的长钩子。"大个子"用其钩榆树枝，"瘦猴"负责将带榆钱的树枝收拢。钩下一枝，"瘦猴"捡起榆树枝，就低下头自顾自地边捋榆钱边吃。我呵斥着不仗义的"瘦猴"，墙上的"大个子"也发出最后通牒："你再自顾自吃，我就不钩了！""瘦猴"不好意思地低下头，把榆树枝收拢在一起。一会儿起风了，有几根榆树枝被吹落到猪圈里，两头竖着耳朵的黑猪争着抢着吃起来……

上世纪 60 年代初，我们村上还发生过榆树皮搅团烫伤人的事。那年粮食歉收，闹春荒时，地里的野菜都被剜净了，听说榆树皮晒干磨成粉可以打搅团，村里人就开始剥榆树皮。隔壁三婶打了一顿榆树皮搅团，榆树皮粉含纤维多，吃时一定要等凉了慢慢吃。三叔是个急性子，许也是饿得慌，他接过榆树皮搅团，举起筷子闷头就用力一吸，谁知一口吸进半碗，烫得胃受不了，疼得直喊叫。喝了半桶凉水也不起作用，在乡卫生院住了好几天。三叔因此落下胃病，后来别人一提起那件事，三叔总不好意思，总是淡淡圯一笑了之，说着说着就吼起了秦腔"王不该……"，那神情有点惨淡。

如今村里虽然没有榆树了，再也不用吃榆树皮粉搅团，也再也吃不到榆钱了，但是我们和父辈关于榆钱的记忆总也抹不掉，回想起来有浓浓的欢笑，也有隐隐的酸楚。

不知这记忆还会保留多久？

何必杞人忧天，何必为儿孙瞎操心……喝茶去，一切尽在茶中。

{年饺}

俗话说"大寒小寒，吃饺子过年"。国人春节吃年饺的习俗，大约明代就已形成，如今是北方人重要的传统年俗之一。

饺子在我国已有近两千年的历史了，相传是东汉时期医圣张仲景发明的。饺子随着中国风，沿着丝绸之路，越过天山，先后传入俄罗斯、哈萨克斯坦，被马可·波罗带到了他的家乡意大利。顺着海上丝绸之路，越过东海，渡过太平洋，先后端上了日本、朝鲜及美洲的墨西哥人的餐桌。

饺子的叫法、做法和吃法很多，说起来也是一门大学问，足可以写出一部巨著来。年饺更特殊，顾名思义，过年吃的饺子。它不同于平常时节的饺子，它的做法和吃法更加讲究。

过去农村物质生活条件差，平常吃的是苞谷糁稀饭馒头等粗茶淡饭，一年半载也吃不上一顿饺子。那时，只有过节过会过年才能吃上一顿肉，沾上点荤腥，滋润一下干涩的肠和胃。吃饺子是奢侈的事，想也不敢想。小时的我盼着天天过大年。不过毕竟过年一年只有一次，我很失望，也很无奈。年对于每一个人来说都是公平的，从来不会厚此薄彼，更不会嫌贫爱富。

初一饺子初二面，这是乡下的习俗。乡下人讲究，宁穷一年，不穷一节。那时一般人家初一大早吃的是臊子面，少数家境好的人家才吃饺子。做臊子的肉不太讲究，臊子面也做起来简单，吃着方便。臊子弄好了，水烧开一烩，面条入锅，来上一点油泼辣子，一碗香喷喷红艳艳的长安臊子面就端上来了。包饺子的肉要肥瘦适宜，肥了太腻，瘦了太干。饺子包起来费工费时不说，主妇还要手巧，面和得软硬合适，吃的时候还要调上蘸汁，挺麻烦的。

随着农村生活质量的提高，吃饺子的次数越来越多了，不仅过年吃饺子，平时十天半个月也能吃上一顿饺子。如今可以说天天都在过年。但年饺还是少不了，毕竟意义不同，氛围不同，感觉不一样。

饺子，谐音同"交子"。交，有交接、交替的意思；子，子时，晚上11点到凌晨1点这一时段。原来饺子本身就有辞旧迎新的含义，过年吃饺子就非同一般。我们不得不佩服祖先的智慧。

平常的饺子馅什么都可以，有荤有素。荤的有大肉的、羊肉的、牛肉的，拌以萝卜、白菜、莲菜、芹菜、韭菜等；素的有鸡蛋韭菜、香菇豆腐、香菇萝卜、香菇白菜……。西安同盛祥的饺子宴，馅的种类更多，五花八门，据说有几十种之多，样样都有说道。年饺的馅很讲究，近年来多是大肉韭菜或者羊肉韭菜，取长长久久之意。平常的饺子现包现下现吃，年饺除夕晚上包好，初一一大早才吃。

除夕傍晚早早就开始准备年夜饭和年饺。夜幕降临，单元房门大红的灯笼亮起来，屋内灯火通明，红红火火，沉醉在喜庆的年味里。父母遗像前烛火闪烁，香烟缭绕，祭祀的水果、酒菜摆得满满的。我们一家三口人共享着丰盛的年夜饭，推杯换盏之间洋溢着浓浓的团圆亲情和醇醇的思念乡情。早早吃罢年夜饭，春晚还没开始，一家三口就开始包年饺。妻子和面，我则在案板上叮叮咚咚地剁起肉来，儿子一旁择菜洗菜。我精心选了一块精瘦的关中黑猪肉，一刀一刀细细地切碎，两只手挥舞着两把刀，横竖剁，左右铡，左右逢源如入无人之境，配上一些姜末，十来分钟，一堆黑红的肉泥就摊在案板上。尽管只有三人，我却耐得烦，分别切碎韭菜、芹菜和红萝卜，拌上三种馅，我希望新的一年全家人生活长长久久、勤勤快快、红红火火。妻子麻利地挥动着小擀杖擀饺子皮，我和儿子利索地捏年饺。一个个饺子又饱满又精神，有棱有角，像雪白的元宝。不到一个小时，摆满了两箅子，年饺一个个乐开了花，激动地微笑着，期盼着新年的到来。两箅饺子放进冰箱，又切好姜末、葱花和香菜花，捣好蒜泥，央视春晚开始之前，一切已经准备得妥妥当当。就连第二天早上下饺子的水也添到锅里了。乡下老家的规矩，初一未吃年饺以前，不动水，不动刀，不扫地。整个过程其乐融融，个中的味道不亚于吃年饺。

然后一家三口一边快活地欣赏着央视的春晚，饱餐着春节的文化大餐；一边守候着新年的钟声敲响的那一刻；一边划拉着手机，给亲朋发送新年祝福，接收拜年问候。我的手机咚咚地响起，打开一看，是来自大洋彼岸的美国的一个电子邮件，是在美留学的学生发来的拜年视频。我迫不及待地打开，美国洛杉矶唐人街上，一派中国新年的景象——红红的灯笼，红红的中国结，红红的春联，不亚于国内春节的气氛，简直就是一个中国红的海洋，中国红的世界，学生和海外华人一起欢度着中国年。"祝老师新年吉祥，诸事和顺，阖家幸福安康！"身着大红唐装的学生，满脸洋溢着微笑，抱拳拱手向我拜年。听到学生饱含游子之情的祝福，我激动地泪流满面。学生和同学围坐在中餐馆里，高兴地吃着饺子。他端起一碗热腾腾的年饺，不断地向我做着鬼脸，"老师，您也来一碗。"又豪气十足地举起一杯酒，"老师，敬您一杯西凤酒，祝您身体健康。"最后竟然声情并茂地吼起了秦腔《花亭相会》："前边走的是高文举……"我浑身每一个细胞都高兴地享受着满含新年、桃李、民族和国家的幸福。在世界的角落里，只要有龙的传人的地方，就过中国年，就吃中国年饺。中国年俗无处不在，中国文化无处不有。我为学生而自豪，我为中华文化而骄傲。

初一一大早，妻子和儿子还沉浸在新年的梦乡之中，我就下起饺子来。他们起来时，香喷喷、白嫩嫩的年饺已热腾腾地出锅了。厨房里弥漫着年饺的香味。我点燃父母遗像前的大红蜡烛，燃起三根紫色的无污染香，献上两小碗年饺。家里尽管只有三个人，但是年饺的吃法却是各有不同。我喜欢弄上一个小碗盛上汁子，放入油泼辣子，蘸着吃。妻子则与众不同，喜欢老陕干拌面的吃法，干拌着吃。儿子钟情于汤饺，饺子碗里漂着白白的葱花、绿绿的香菜花、片片深褐的紫菜、星星点点的芝麻粒、红艳艳的辣子油，是那么的诱人，马上胃口大开，哈喇子直流。我们一家人一起吃着年饺，享受着天伦之乐，此刻我觉得自己是最幸福的人。

吃着年饺，看着闪烁的烛火，望着父母的遗像，我又回到在乡下老家和父母一起吃年饺的时光。20 年前的除夕晚上，我和年迈的母亲包饺子，银发白须的父亲拉下手。冰冷的屋子里，忙上快两个小时，父母一点也不知道冷和累。父母像小孩一样，热情似冬天里的一把火，混浊的眼睛也绽放出了异样的光彩。放年饺的铁算子，用蒸馍的屉布盖上。晚上父亲睡得很醒，稍有动静就起来看看，一夜起来好几次，生怕年饺让老鼠先饱了口福。初一早上，有时饺子黏在案板上，有时饺子下到锅里烂了。过年图的是吉祥，不能说不吉利的话，年饺开裂或者烂开叫"挣"了，不小心东西摔碎了，马上就说"岁岁平安"。头锅饺子二锅面。新年的第一锅饺子肯定是父亲和我的，母亲老是吃第二锅。那时母亲常常给年饺里包上几枚硬币，她说："谁过年能吃到硬币饺子，谁就是这一年最幸运的人。"不知道怎么的，每年我都能吃上硬币饺子，而且吃得最多。母亲常常会说"我娃今年是最幸运的人，一定能考上学"之类的话。那时我很天真，一直傻傻地以为自己真是最幸运的人。长大后我很纳闷，每每母亲捞年饺时，我就偷偷在一旁观察，发现原来母亲总是有意把硬币饺子一个一个拣到我碗里。那时尽管调料少，味道、口感不十分好，但是吃起来却很香很香，有一种浓浓的家味，一种甜甜的乡味，至今犹在舌尖。每逢佳节倍思亲，可惜父母已经作古多年，我再也不能和父母一起包年饺了，再也吃不上母亲包的硬币年饺了。

小小的年饺，里面包的是愿望、亲情和乡情；一顿年饺，吃的是祝福、年俗和文化。

{冬日荠菜饺子}

周末，妻子为了犒劳我，用心包了一顿荠菜大肉饺子，我香香地吃了满满一大盘子，又喝了一小碗饺子汤。"大冬天哪来的荠菜?"吃得肚胀腰圆之后，我猛然想起已经是冬天了。"在乡下老家农业园的大棚里挖的。"妻子一边收拾碗筷，一边解答我的疑惑。

荠菜是一种野生蔬菜，春天的乡下田间地头随处可见。初春，沉睡了一个冬天的其他植物还在揉着惺忪睡眼，荠菜早已破土而出吸着春风饮着春雨欢实地成长起来。从前三月"城中桃李愁风雨"的时候，"春在溪头荠菜花"，荠菜已独占鳌头。等到"春入平原荠菜花，新耕雨后落群鸦"，勤劳的农妇已经提着篮子，到野外挖荠菜了。挖地、打胡基等体力活是男人们干的活，挖荠菜则是女人和女

孩子的事，男人们不操心家里是否有吃有喝，男孩子偶尔也凑凑热闹玩玩。不过女人和女孩子挖荠菜的心情却是两重天。女人提着篮子，急急忙忙，心像烧糊锅底般焦燎焦燎，家里的孩子饿得像狼一样嗷嗷叫，孩子正是长身体的时候，春二三月粮食却接济不上，只有野菜可以充饥，荠菜便成为野菜中的上品，女人满眼的无奈，满心的无助，把一切都寄托在荠菜之类的野菜上，只要能填饱肚子，总比挨饿强。少女们则不同，年少不知愁，提着竹篮子，迈着轻盈的小舞步，沐浴着阳光和春风，燕子一样撒着欢奔向田野，挖下一棵绿油油嫩生生胖乎乎的荠菜，捧在小手里，迎着太阳在鸟儿的歌声里翩翩起舞，仿佛找到了梦中的情人。

唐代就有一则关于荠菜的爱情故事，在古城西安早已家喻户晓。相传丞相王允的千金小姐王宝钏彩楼飘彩招亲，多少王孙公子想要攀附王家与三姑娘结百年之好。然而彩球儿单单打中乞儿，王宝钏偏偏选中城南的薛平贵。其父悔婚，王宝钏却不离不弃，同薛平贵在曲江池畔的寒窑苦度时光。薛平贵降服了曲江池畔的烈马，被唐王官封都护之职。西凉国代战公主反唐，薛平贵西征，王宝钏宁可食野菜度日也不愿改嫁，坚守寒窑一十八载等待丈夫归来，成为千古爱情佳话。如今曲江寒窑景区就有卖王宝钏荠菜饺子的，中外游客争相品尝，个个赞不绝口。

打墙板翻上下，世事颠倒颠。如今挖荠菜的，则多是城里人，有男人，有女人，有老人，有青年夫妇，还有活泼可爱的"小公主""小皇帝"。人间四月天，厌倦了都市灯红酒绿生活的城里人，一家老少驱车来到乡下，踏青赏春挖荠菜。荠菜们伸出热情的双手，春风里笑盈盈地迎接着远道而来的客人。春阳里的乡间小路边、公路旁、果园里，到处都是人，人人手里拎着一个塑料袋子，成为乡村春天又一道风景线。看，老的找到了根，少的找到了乐，老的乐开了花，少的乐翻了天；听，老的一串串爽朗朗的笑声，少的一阵阵惊喜的尖叫声。"物以稀为贵，食以野为奇"。据说唐宋时期文人雅士就有争相吃荠菜的喜好，历史又来了一个大大的轮回，今天城里人挖荠菜，喜欢吃荠菜，也就不足为奇了。不过现在城市的孩子已不知道荠菜了，就连乡下的孩子也不认识荠菜为何物，这究竟是忧还是喜，唯有天知道。

"长鱼大肉何由荐，冻荠此际值千金"。原以为春天的荠菜才是人间美味，岂不知古代文人墨客最喜好的，竟是冬天的荠菜。我竟也附庸风雅地做了一回文人雅士，吃上了冬日里的荠菜饺子。春天的荠菜吃的是新鲜，冬天的荠菜吃的是味长；春天的荠菜吃的是希望，冬天的荠菜吃的是回忆；春天的荠菜吃的是活力，冬天的荠菜吃的是积蓄。"三冬荠菜偏饶味，九熬樱桃最有名"。忽然我有了一个诗意的想法，三九天邀上几个文友来一次荠菜饺子宴，喝上几两陈年西凤，吟诵着唐诗宋词，再唱上一段秦腔，想必更有唐风唐韵。

一样的荠菜，不一样的味道，何哉？时不同也，境不同也，情不同也，趣不同也。如果张洁女士不反对的话，我也要说"我对荠菜，有着一种特殊的感情"。说不定哪一天，我会在古城开一家唐诗荠菜饺子文化主题餐厅，您可一定要赏光哪！

{醪糟蛋花}

醪糟，又叫酒酿、甜酒、酸酒，古时叫"醴"。有酒之名，无酒之实。南方人不胜酒力把它叫酒，北方人酒量大叫醪糟。虽然南北叫法不同，但是南方人北方人都爱喝醪糟却是一个不争的事实。醪糟其味酸中带甜，有酒的味道，但酒精度很低，是男女老少皆宜的饮品。醪糟虽不像事酒那么古老，西周时代就有了，但是也有两千多年历史了，据说秦汉时期就有醪糟了，《庄子·盗跖》和《后汉书》中都有关于醪糟的记载。

如果说辛辣刺激的白酒和味冲劲大的事酒是生来性硬的关中男人，醇香绵甜的黄桂稠酒是长安城里的唐代贵妇，那么醪糟就是乡野的俏姑娘。在关中农村，几乎家家户户女人都会酿醪糟，周至、临潼、兴平的醪糟最为有名。小时候集上、交流会上都少不了卖醪糟的摊子，我都会缠着母亲去喝上一碗，解解馋。冬日的早晨或傍晚，蹲在醪糟摊的小火炉旁，喝着热腾腾的醪糟，心里也像燃起了一团火，浑身既暖和又舒坦。夏天的中午，圪蹴在醪糟摊旁，喝上一碗凉丝丝的冰镇醪糟，凉爽沁心，浮躁立刻消失，心情平静如水。

不过我最喜欢喝的还是母亲做的醪糟蛋花。白生生的瓷碗，微微泛黄的醪糟汁，软绵绵的糯米絮，绽放着黄菊花一般的蛋花，简直就是一件艺术作品，端到嘴前竟不忍心喝下。一股清甜的芳香如春风扑鼻而来，闭上眼睛微微抿上一小口，酸酸的，甜甜的，软软的，满口生香，沁心润肺，简直就是西王母瑶池会上的琼浆玉液。夏天热了饿了，喝上一碗母亲做的醪糟蛋花，既解渴消暑，又可充饥，整个人都是透亮的。冬天冻冷了，喝上一碗母亲做的醪糟，不仅口舌生津，而且浑身暖洋洋甜蜜蜜的，满身洋溢着幸福。

知道我喜欢喝醪糟，过年或者过会，母亲就会早早张罗酿一坛醪糟。过年或者过会前一个多月，母亲就会用麦子换一些上等糯米，然后步行七八里路到集上买回醪糟曲。大约过年或者过会前一周，母亲就把醪糟酿上了。夏季温度高容易发酵，三五天即可，冬天冷则需要时间长一点，要用上一周左右。冬天为了让醪糟充分发酵，还需要把酿醪糟的瓦罐放到热炕上焐一焐，就像冬天的麦子，焐上一场大雪，来年大量分蘖。

醪糟酿造很简单，却是细心活。母亲把换来的糯米放在簸箕里仔仔细细地拣一遍，把个别带壳或者变色米粒一个一个挑出来。用刚从井里提上来的水淘上两遍，泡上半个小时。中午做饭前加个脚，煮米。水烧开后，母亲把淘好的糯米下锅。熊熊大火烧上几开，撤火，文火稍微闷上一会儿。糯米七八成熟时，母亲一手挥着竹笊篱捞起一堆，一手捡起一粒用手指轻轻一搓，米芯像微微绽开的花朵。母亲还不放心，捡一粒放到舌尖细细尝一下，不软不硬刚刚合适，迅速把煮好的糯米捞到搪瓷盆里晾上。不能太热，也不能太凉，30℃即为发酵的最好温度。

醪糟虽不像黄桂稠酒那样华贵，但却很爱干净，不能见半点脏，也不能有半丝异味。见脏醪糟容易霉变，生出一层白茸茸的毛来。哪怕一点点异味，都会影响醪糟的香醇度。做好午饭以后，其他人都吃饭了，母亲顾不得吃饭，把瓦罐、笼布、筷子、勺子一个一个洗了又洗，擦了又擦，仔仔细细检查一遍，确保干干净净。然后把搪瓷盆晾凉的糯米一勺一勺装到陶瓷瓦罐里，装上一层，均匀地放入醪糟曲，拿竹筷子划来划去，搅拌均匀后用勺子轻轻压实，最后再洒上少许温水，这样酿出的醪糟汁就多一些。接着装第二层、第三层……装完后，用勺子在中心挖上一个喇叭形酒窝，用干净的笼布蒙上罐口，一根麻绳子扎紧。

做醪糟也是耐心活。特别是冬天酿醪糟，要把瓦罐放到热炕上，每天几次要摸摸炕的热冷，保持足够的温度让醪糟充分发酵。每天还要三番五次转动瓦罐，保证整个瓦罐均匀受热，均匀发酵。醪糟曲真神奇，化作一种无形的力量让糯米充分发酵。两三天后，瓦罐就散发出淡淡的醪糟香。急不可待的我，一天要在瓦罐前晃荡几次，像一只贪婪的野兽等待着即将到嘴的猎物。"醪糟还没熟，心急吃不了热豆腐。"母亲看着我抓耳挠腮的贪婪相，笑嘻嘻地说。我只好咽下了嘴里转圈圈的哈喇子。我嗅着醪糟香，趴在瓦罐上，侧耳细听，隐隐约约听到醪糟汁泉水一样汩汩地渗出，仿佛一曲美妙的轻音乐。

一周后，厨房里到处是醪糟的暗香浮动。我主动帮母亲解开麻绳，去掉笼布。糯米发得虚泡泡的，醪糟汁明汪汪地往出渗，酒窝里积满了一窝甜甜的醪糟汁，似琼浆玉液，我伸出指头去蘸。母亲在我的手上重重打了一巴掌："醪糟爱干净，不能用脏手蘸！"我悻悻地缩回手指。母亲用勺子挖出一小碗醪糟胚子，没来得及兑水，我一口气就吃完了。

醪糟蛋花是母亲最拿手的。烧开水，放入醪糟胚，用勺子把醪糟胚化开，把搅拌均匀的鸡蛋絮倒入锅中，一边倒一边用筷子划动，一朵朵黄色蛋花花竞相绽放，满屋生香如同春天一般。母亲为我们每人盛上一碗，放上少量白糖和葡萄干。我竟一连喝了三碗，肚子胀得像一面牛皮鼓，手一敲嘭嘭嘭的，走起路来像猪八戒，逗得大家哈哈大笑。

一碗小小的醪糟蛋花，蕴含不尽亲情，储藏无限乡愁，更孕育无穷的诗意……

酒能入诗，唐诗里写酒的诗句一抓一大把。醪糟没有那么幸运，没能入诗。宛若乡野俏村姑的醪糟，飘飘若仙清醇如风，从秦汉而来，却融入了村巷，融入了乡愁，融入了历史……

{神仙粉}

乡下老家有一种特色小吃名曰神仙粉，是种很特别的凉粉，很受家乡人和游客的喜爱。说它特别，在于它是秦岭山区独有的纯天然无污染绿色食品。它的原料来自秦岭深山的一种灌木的叶子，我们叫它糜糜叶。神仙粉其色棕褐，光泽晶莹，玲珑剔透。其味微苦，清爽可口，温软如玉，吃到嘴里滑滑的嫩嫩的凉凉的。再浇上酸酸的香醋水水，调上红红的油泼辣子，加上白白的蒜泥，美美哑上那么几碗，真的像神仙一样。

至于为什么叫神仙粉，一个地方一个说法。传说或与八仙之一的韩湘子有关，或与观世音菩萨有关，或与制作过程神秘有关。总之与神仙有关，故名神仙粉。

上个世纪六七十年代，神仙粉还只是乡下人度饥荒的救命粮，城里人是不齿食之的。记得小时候，初秋，二哥跟着街坊叔伯们上山捋回一大麻袋糜糜叶。母亲把它们放到并不耀眼的秋阳里晾一晾，差不多水分殆尽，把大部分存起来，用一小部分制作神仙粉。神仙粉制作工艺很简单，就五个字——烫、搓、滤、淀、泡，乡下人没有不会做的。只是制作过程把握拿捏的程度不同，神仙粉味道色泽软硬口感不同，优劣显而易见。烫是第一道工序，即烧上一锅热水，把糜糜叶子烫上十来分钟，水温适度，捞出来放到竹筛子捋干水。然后是搓，用手把糜糜叶子反复揉搓，将纤维揉断，搓出大量白色的汁液。如此反复揉搓，直到剩下最后的残渣。第三道工序是过滤。用手工细白布把汁液细细过滤一遍，放到盆子里，渣滓倒掉。下来就是沉淀。把过滤过的淀粉汁沉淀上一夜，第二天神仙粉就成形了，不过这时候还不能吃，需要放到新鲜凉水里泡一下，拔去苦味和异味。最后把神仙粉切成块，放到盛满刚从井里提上来的新鲜干净水的大搪瓷盆里，新鲜井水有去苦味、拔毒的作用。鲜亮的神仙粉制作好了，十分诱人，放上半天就可以食用了。整个原材料都是天然的，不添加半点人造的作料，制作过程全是手工，不用任何一样机械。

那时，我不仅是母亲的跟屁虫，还可以帮她拿盆子、提水、搓糜糜叶。母亲一再叮嘱，制作神仙粉的过程不能说一些不敬的话或者一些不该说的话，否则神仙听到了会生气，神仙粉就是苦的。我只好规规矩矩，一句话也不敢乱说，大气都不敢出，生怕惹神仙生气，担心神仙一不高兴自己吃不到好的神仙粉了。说起来也真神奇，一堆糜糜叶，什么也没有添加，多半天工夫就成了神仙粉。

我家斜对面的三嫂子是个胡拉海（西北方言，意为做事马虎、糊涂），人很邋遢。家里四个孩子，看到别人家做神仙粉，娃们一个个像饿狼似的眼睛放绿光。三嫂也眼馋，肚子里的手几乎就要伸出嘴来。三哥也从南山里捋回来几袋子糜糜叶子，三嫂人很海势，一次弄了几大盆，谁知道苦得不得了。一家人忍着苦，把几盆子神仙粉两天就吃完了，结果不仅四个孩子吐得昏天黑地，到乡上医院还住了几天。三哥也拉起肚子，几天腰都直不起，为此把三嫂子美美地捶了一顿。三嫂子的娘家弟本来就是个愣头青，他一时气不过，叫上本家户族把三哥又暴打了一顿。为此两口子差点离了婚。

世事颠倒颠。如今人们好养生，崇健康，吃的以绿色天然为时尚，神仙粉倒成了稀罕的小吃。此一时，彼一时，真可谓三十年河东三十年河西，神仙粉成了沿山农家乐点击率最高的小吃，简直火得不得了，像节日里夜空中的礼花一样耀眼。

妻子说好久没有吃神仙粉了，"走，去子午峪口吃神仙粉。"我立刻兴奋起来。

说走就走。

｛油泼辣子｝

"油泼辣子一道菜，蘸馍拌菜调干面，嘴巴一抹嫽得太。"

油泼辣子一道菜是关中八怪之一。在外人看来确实有点怪，但作为一个地地道道的关中人见怪不怪。关中人特别喜欢吃油泼辣子，把油泼辣子当作一道菜吃。男人爱吃，女人也爱吃；大人爱吃，小孩也爱吃；老汉爱吃，老太也爱吃；小伙爱吃，姑娘也爱吃。爱吃得不得了，顿顿离不了油泼辣子，不管是𰻝𰻝面、臊子面、煮馍泡馍、凉皮，还是豆花、豆腐脑、胡辣汤，都要放上油泼辣子，连陕西大烩菜也少不了油泼辣子。乡间吃席面要上油泼辣子，饭店餐桌上必定有一碗油泼辣子。不放油泼辣子就吃着不香，吃着没味，吃着没劲。有了这油泼辣子，不论什么饭食，看着红艳艳、瞅着油汪汪、吃着香辣辣的，一下子胃口大开食欲大增。油泼辣子在关中和食盐差不多，成了百味之王。

关中人油泼的辣子是女人经过精挑细选的。九月份辣子红了，关中女人把辣子从地里摘回家来，放到筛子或者蒲篮里晾晒在秋日并不暴烈的阳光下。家家门前户户小院里，这一筛子那一筛子，东一蒲篮西一蒲篮，仿佛一团团正在燃烧的熊熊大火，让人感受到一种力量。稍有闲暇，女人坐在门前或者小院里精心挑选长短一律、胖瘦一致、红熟一般的上好椒角，用麻绳子三颗一撮、五颗一撮拴起来。辣角在女人的手里变戏法似的，左一扭右一摆，上一跳下一蹲，好像跳着唐乐舞，十来分钟一条鲜艳油亮的红辫子就辫成了。看着一串一串惹人喜爱的红辣子，女人眉宇间盛开了灿烂的微笑，轻轻起身直起腰板，抬起胳膊把拴好的一串串火红的辣子挂在向阳通风的房檐下墙面的木楔子上。无论阴天还是晴日，无论刮风还是下雨，那一串串火红的辣子就像一把把火，映红了关中农家的土墙，点燃了关中人生活的希望，温暖了关中人的心。

焙辣椒对女人来说是厨艺比拼。农闲了关中男人没事干，睡够了起来吃过饭就凑在一起，在东家门道或者西家房檐下三个一堆五个一伙，谝闲传的谝闲传，下棋的下棋，丢方的丢方。女人们则是劳碌的命，一点也闲不住，趁机焙辣角碾辣面。大铁锅里放少许上好的菜籽油，麦秆火烧至油沸腾后，把摘过把的干净的辣椒角倒入锅中，文火慢烧，用铁铲上下反复翻炒。女人们一会儿蹲下一手拉着风箱一手给灶膛添柴，一会儿站起来挥动铁铲又是翻炒，这一连串的动作仿佛一组优美的舞蹈。不大工夫满屋子都是辣味和呛味，整条街道上都弥漫着浓浓的辣子香。恓惶的女人被呛得又是打喷嚏又是流眼泪，不停地用手帕擦鼻子、抹眼睛。人虽难受，心里却甜滋滋的。焙辣角既干，还要散，但却不能焙焦，这样碾起来好碾，辣面颜色鲜艳。早些年拿到碾坊，推着石磨子碾成碎末，后来石磨子拆了就用铁槽铁辊子碾碎。辣子末不可太细，也不可粗。如今再也不用焙辣角和碾辣角，直接买现场机器粉碎的辣面。

泼辣子对女人来说更是技术活。辣面盛到大老碗里，中间刨出一个小坑，等上好的菜籽油烧开后倒进老碗。油不能凉，也不能太烫，温度适中。油凉了有生油味，泼出来的辣子不香颜色不亮，油太烫了辣面容易烧焦，泼出的辣子就不辣，颜色也就不红了。油不能太多，也不能太少，油多了辣子就稀了太腻，油少了辣子就有点干不油。女人巧了还会给辣子里放点盐和香料，油泼辣子就会既辣又香。

从前关中人吃饭的时候把油泼辣子当作一道菜。农忙了，来不及做菜，一碟子醋水放些油泼辣子，或者一碟油泼辣子就是一道菜，既简单方便又能下饭。大人小孩回到家里饿了，馍篮子抓一个馒头，一掰两半，夹入油泼辣子，大口大口嚼着，吃得香得让人看了就流口水。刚出锅的热腾腾的白蒸馍夹油泼辣子更香，简直就是一道美食，成了一些关中人的至爱，不少关中人一辈子就好这一口。中午饭一碗𰻞𰻞面或者一碗酿皮，放入油泼辣子一搅，吃得嘴角流油，头上冒汗，浑身舒坦。辣在嘴上，舒畅在心里。

有人会说关中穷没菜。且不说关中从春秋起就是天府之国，土厚壤肥风调雨顺，河流众多灌溉条件好，很少遭灾。就是今天新鲜蔬菜丰富，关中人仍然离不了油泼辣子。家里拌凉菜做大烩菜都会放入油泼辣子，红红油油的油泼辣子，不吃看着闻着都是香的。更有关中人，吃大餐时也不忘叫上一盘油泼辣子当佐料。吃油泼辣子是关中人的秉性，与辣子的贵贱无关，与菜的有无也无关。曾有一度辣子比肉贵，关中人还是要吃油泼辣子。没办法，谁要关中人爱吃油泼辣子呢。有朋友吃米饭时，跟前凉拌菜、炒菜、陕西大烩菜一堆，偏偏要油泼辣子，在他看来油泼辣子比凉拌菜、炒菜、陕西大烩菜香得多，有时干脆直接把油泼辣子拌入米饭，竟然不要菜。对于他的吃法，不要说外地人，就连我们关中人也百思不得其解。

在外地工作或者学习的关中人，从家里走的时候往往都会带上一瓶油泼辣子。儿子在哈尔滨工业大学上学期间，每次离开家回回如此。我每次到外地去看望关中朋友常常也会带上一瓶油泼辣子，对于在外地工作的关中人来说油泼辣子是最珍贵的东西，既是乡味，更是乡情。朋友 D 君开了一家电子商务公司，卖起油泼辣子。由老父亲亲自购买兴平的辣角，自己焙辣角，自己碾辣角，用自家地里产的菜籽油泼辣子。全国各地关中人在网上买油泼辣子的可多了，D 君的生意异常火爆。

从前在乡下老家，张、李两位大叔很能吃辣子。有一次巷子一家乡党儿子结婚，炸完肉食和豆腐，掌勺的大师傅泼了一大盆子辣子，大家争相吃油泼辣子夹馍。两个大叔一个比一个夹得多，有人提议两个人打赌吃油泼辣子，看谁吃得多决出一个"辣子王"。两个大叔本来都是硬汉子人又好面子，经不起大家鼓惑，血一下子涌到了脖颈子，头上脚上顿时直冒热气。爱热闹好事的早已准备好了两碗油泼辣子，张叔端起油泼辣子一阵狼吞虎咽，李叔也毫不含糊如风卷残云，顷刻间两人一碗油泼辣子下肚，众人看得目瞪口呆，有人直吐舌头。再看张叔李叔个个大汗淋漓，脸色潮红脖子上的青筋暴起，然而谁也不服输，坚持要吃第二碗。提议者一下子傻了眼，赶忙上前相劝，众乡党你一言我一语，好说歹说无济于事。无奈叫来主人，主人连连作揖好话说尽，并许下诺喜事过后请张叔李叔喝酒，才算平息了这场"惨烈"的吃油泼辣子比赛。

关中人爱吃辣子，不同于湖南人，也不同于四川人。关中是西北的门户，出则进入宁夏青海新疆，入则可达中原，北上即入北京、内蒙古，南越秦岭即通荆湘四川。因而关中人既受游牧民族习性的影响，又秉承中原汉人的基因，造就了关中人"生楞蹭倔"的秉性。这秉性决定了关中人爱吃辣子。

关中人的"生"——拼命精神决定了关中人爱吃油泼辣子。有人调侃"湖南人吃辣椒多革命，四川人吃辣椒出英雄，陕西人吃辣椒也拼命"。关中人吃起辣子有一种不要命的劲，吃得勤，三顿三晌顿顿离不了。吃得多，一顿吃上半碗。吃得自己不要命，吃得外地人心里怕。关中人从先秦时起就与游牧民族发生争战，"赳赳老秦人"为生存舍得拼命。男人个个干事创业不要命，八百壮士硬是把日军挡在了黄河以东。

关中人的"楞"——勇敢决定了关中人爱吃油泼辣子。"湖南人不怕辣，四川人辣不怕，陕西人怕不辣"。吃辣子图的就是辣，总怕辣子不辣。要辣得够味，要辣得痛痛快快，辣得欢畅淋漓，辣得浑身舒坦，辣得天翻地覆。关中人天不怕地不怕，其他地方人不敢干的事关中人敢干。

关中人的"蹭"——豁达决定了关中人爱吃油泼辣子。关中人爱吃辣子，爱吃就吃不爱吃就不吃，绝不假装。干起事来一是一、二是二，干脆利落绝不拖泥带水，爱憎分明心直口快，说话率真直来直去，不矫揉造作不拐弯，三言两语简洁明了，心中不留任何杂念。

关中人的"倔"——倔强决定了关中人爱吃油泼辣子。一旦喜欢吃上辣子就一直吃下去，吃就吃个够，吃就吃个不停。父亲爱吃，儿子也爱吃，孙子仍爱吃，一代一代吃下去。关中人认准的事就心无旁骛执着地坚持下去，不到黄河心不死，撞了南墙也不回头，绝不半途而废，不忘初心，一如既往。

关中人的开放包容决定了关中人爱吃油泼辣子。辣子本是异域之物，关中人不因是外来之物拒绝吃辣子，爱吃了就自己种自己吃。关中人有一颗包容开放的心，最易接纳外来事物，包容外来的东西。周秦汉唐以来一直如此。

"羊肉泡馍，油泼辣子来了！"咥走，我请客。

{蒸饭}

长安老家乡下有一种特别的饭食叫蒸饭，有点像红豆米饭，也有点像甑糕。说它特别不仅在于风味独特全国少见，而且在于吃的日子很特殊。

在我的老家，蒸饭是送埋的饭，有点"耶稣最后的晚餐"的味道。过去家里死了老人都吃蒸饭。后来稻地越来越少，大米金贵了，家庭经济好的才吃蒸饭。一般人家吃的是臊子面，既便宜，又简单省事。老家人骂谁死得了，就说"我看你蒸饭熟了"，说有些老人快死了，就说"蒸饭冒气了"或者说"蒸饭锅汽圆了"。为什么叫作蒸饭？除了做法上的原因外，还取蒸蒸日上之意，希望后辈日子过得热气腾腾、欣欣向荣。蒸饭受火时间长，又用油盘过，特别耐放。

冬天可以放上一两个月，即使夏天放上十天半个月也不馊，蒸饭耐放因而又有长寿之意。村里高寿老人去世了搭蒸饭，半个村子人都拿上碗，去给娃儿们端上一碗，沾个祥瑞，盼个长命百岁。把这风俗叫"端蒸饭"。

一方水，一方人。水不同，人不同，风俗亦不同。相隔不到十里的滦镇、东大等产稻米的地区除了老人过世吃蒸饭，农历十月古会也吃蒸饭。十月古会女婿外甥必来，当地人把十月古会也叫女婿外甥会，还叫蒸饭会。那是稻米丰收之后喜庆的会，吃蒸饭更多取的是蒸蒸日上的吉祥意味。

搭蒸饭用米很讲究——七成糯米，三成粳米。纯糯米做出的蒸饭太黏，粳米多了蒸饭会散。再配适量的红小豆、打豇豆和花生米，做出来的蒸饭红红的，色泽感很好。用大油盘（浸润）过，蒸饭油而不腻。荷叶包裹着，又有荷叶淡淡的清香，比起红豆米饭和甑糕香多了。

乡下男人主外，女人主内，男人叫外头家，女人叫屋里家。平时做饭是女人的事，过事做菜却是男人的事。搭蒸饭也是男人的事，女人只能拉下手。滦镇、东大等产稻米的地区，家家男人都会搭蒸饭。但我们村一带则不然，满村只有几个上年纪的男人会搭蒸饭。他们在村子里活得很响，谁家老人下世要搭蒸饭都离不了。后街的三叔就是搭蒸饭的把式，前些年在村里可红了。这些年搭蒸饭的人家越来越少了，三叔有点受冷落，很是失落，没有了过去的风光，精神头也大不如从前，看人的目光也有些呆滞，后来慢慢被村里人淡忘了。

父亲去世的时候，我们请三叔搭了三甑蒸饭。三叔的手艺派上了用场，精神头一下子来了，眼睛活润像刚添过油的灯，光气十足亮了许多。

父亲下葬的那个冬日，先一天下午，三叔一只手夹着一根雪茄，一边指挥一帮女人淘米煮米。几个妇女把根据席口多少准备的米、红小豆、打豇豆和花生米倒在几只大盆里淘涮干净，倒进开水锅里煮了起来。三叔在一旁悠闲地抽着雪茄，旁若无人地吐着烟圈，烟圈顺着他的发梢袅袅升起，三叔像神仙一样得意。十分钟左右，锅里的米五六成熟，米星刚刚散，妇女们捞出一笊篱。三叔扔掉雪茄，擦擦手，轻轻一搓。米星散开了，软硬刚刚合适。"捞！"三叔一声令下，几个妇女们七手八脚把米饭捞出来。

盘饭是三叔的绝活，妇女们只有看的份儿。三叔把捞出来的五六成熟的红豆米饭晾凉后，加入适量的大油和熬制好的大料水调拌。只见勒着围裙的三叔弯着腰，用两只平时扶犁的粗大的手反复翻倒，一遍又一遍，唯恐搅拌不均匀。几大盆翻倒下来，三叔的腰都有点直不起来了。他用两只拳头，在自己的腰眼上重重捶了几下，直起腰杆开始糊甑。他一边用豆渣一点一点抹着甑与锅的连接缝隙，一边唱着"老娘不必泪纷纷……"，那是秦腔泰斗李正敏老先生演唱秦腔《探窑》中旦角的一段享誉大西北的唱段。三叔的男旦唱得有点不伦不类，引来帮忙的妇女们一阵哄笑，三叔并不在意，兀自唱着。

装甑是三叔大显身手的时刻。三叔把煮好的莲叶平展展地铺在甑里铁箅子上和甑壁，然后把盘好的饭一盆一盆装进甑。装一层，铺一层莲叶，甚是仔细。一层一层，压得实实的。整个甑装满了后，再盖上莲叶，用洗干净的麻袋片塑料纸把甑口裹得严严实实，用麻绳扎得死死的。盖上锅盖，锅盖上再压上几块石头，生怕蒸饭跑了汽。蒸饭漏了汽就熟不透，也就不好吃了。五大三粗的三叔，装甑细活得很，像一个绣花的姑娘一针一线仔仔细细地绣。装完三甑饭，天已麻糊黑了，寒气袭人。三叔抿了几口西凤酒，又唱起来了，"满营中三军齐挂孝……"，这是秦腔《祭灵》中刘备的唱段，三叔的须生唱得有板有眼，引来了满堂彩。

晚上蒸蒸饭是三叔一个人的事。吃罢晚饭，帮忙的乡党和执事都回家了。凄冷的月亮爬上村口古柏的树梢，地下的寒气一下子上来了。一千瓦的白炽灯把后院里照得亮亮的，后厨里冷冷清清的，没有一丝暖意。三叔开始点火蒸饭，鼓风机呼呼叫着，三口甑底炉膛红红的火苗在冬夜里跳跃闪动，映红了他黑青的脸，寒冷的冬夜有了一点点温暖。三叔裹着黄绿军大衣圪蹴在甑边，捡起一根带着火花的硬柴棒点燃雪茄，狠狠地吸了一口，呛得他连连咳嗽了几声，他的咳嗽声几乎震醒了冬天。甑口蒸汽圆圆的，大火烧上半个小时后，文火又蒸了一个多小时。三叔抓起西凤酒瓶子，香香地喝了几大口，既过瘾又解乏。望着三甑飘香的蒸饭他脸上泛着满意的微笑，让冬夜也活泛起来。最后给甑底炉膛添满硬柴，三叔拍拍衣服，拾起身来，满脸洋溢着成就感回屋睡觉去了。

淘米煮米、盘饭、装甑、蒸饭整个过程，不就是一个人一生的历程吗？第二天一大早，打开甑，揭开荷叶，看着香喷喷红艳艳热腾腾的蒸饭，三叔盛上一碗蒸饭，挑上几筷子，很是得意。其他几个人你一口、我一口，"真香""不错"……大家纷纷夸奖，三叔有点小陶醉。

三叔见了乡党和我家亲戚，认识的不认识的就问蒸饭香不香。一个个"香"字让三叔飘飘欲仙。一手提着我们送的两瓶西凤酒，一只胳膊夹着一条雪茄，吼着秦腔晃悠悠地回家去了。他要美美地补一觉，他一定会做一个好梦。

后来在东大地区工作了几年，每年农历十月会期间我都会到同事家蹭上一顿蒸饭。离开之后多年，热心的同事常常会托人捎上一包荷叶裹着的蒸饭。

老家的蒸饭吃的是生离死别的亲情，吃的是死者对生者的荫护。东大的蒸饭吃的是丰收的喜悦，吃的是浓浓的乡俗。

管他是哪里的蒸饭。民以食为天，我非君子，想吃就吃。

贰　长安把式

龟子吃着百家宴席，听着千家哭声，吹吹打打为万千死者送葬。看惯一场场出殡的场面，更在"礼"和"乐"里看透了朴素而又豁达的生死观。

{最后的麦客}

又到了一年麦黄的时节。

熟麦的日子，日头硬硬的，风热烘烘的，空气几乎有点焦味。麦黄一晌，蚕老一时。麦子一天一个模样，两天不到地里去，村前村后村左村右的麦子脱下了绿装，已经全部披上了"黄金甲"。村庄镶嵌在黄灿灿的世界里，泛着金光，仿佛走进了凡·高的画里。天地之间弥漫着麦香，杏儿黄，麦上场。黄澄澄的海东杏、红中透黄的金太阳杏已经上市，眼看着就要割麦了。

村外，黄莺一会儿在空中飞翔，一会儿跳上树梢放开喉咙尽情地唱着"算黄算割"。在村口，我看到三爷悠闲地坐在凉水泉边的大槐树下，嘴里噙着旱烟袋，望着村外一眼望不到头的金黄麦浪，满

脸洋溢着丰收的喜悦，随身听播放着已故秦腔名家陈仁义的《秦琼起解》"和老娘打坐在十字外……"。我停下车，递上一支烟。"纸烟没劲，还是旱烟好。""村里割开麦了？""是的。""如今割麦有收割机，拉麦有拖拉机，快得很。""放在过去，麦客们早就在这里圪蹴满了。"好多年不见麦客了，三爷又想起了他的麦客朋友了。

麦客，是从前关中地区夏忙时节一支流动割麦大军，俗称赶麦场，用现在的话说就是打工者。割麦的个把月里他们活跃在关中农村，麦田间处处留下他们佝偻的身影，麦茬地到处浸润着他们的汗水，麦地上空回荡着他们苍凉的秦腔，成为那时关中夏忙里一道风景。

关中麦客大军分为西来的和南来的。西部麦客来自枯焦贫瘠的甘肃，南部麦客来自贫穷的陕西商洛、安康山区和蓝田原上。《白鹿原》里黑娃就和村里人到渭北当过麦客，才带回了田小娥，引出了一段凄美的姻缘。关中土壤肥沃，河流众多，灌溉条件好，是陕西冬小麦的主产区。关中麦子每年由陕西东大门潼关开始收割，潼关素称"陕西第一镰"，从东往西一路逆渭水而上，次第开镰割麦。另一个方向则是从秦岭北麓峪口山坡向北到渭河平原，逐渐开镰收割。每年夏收，西部麦客们成群结队坐着长途汽车从甘肃跑到潼关，一边割着麦子，一边踏上回家之路。南部麦客三五成群走下山和原，一路割到滔滔的泾河和渭河之滨，完成着他们每一年赶麦场的壮举。

隔壁三爷三代单传，三太爷三太婆守着三爷一根独苗。到了三爷手上一连生了三个女儿，就是没有个儿子，眼看着张家就要"绝户"了。那些年村里计划生育风声很紧，三婆东躲西藏，终于生了个儿子。家里老的老小的小，用老话说就是"吃饭都是嘴，干活没手"。每年割麦时节家里劳力不够都要雇麦客，三爷成了一对甘肃麦客父子的老主顾，一年来、两年去，彼此成了老朋友。十多年来年年岁岁如此，每年割麦的时候那对父子就像亲戚一样掐着日子就来了。

　　刚分地的第一年，还没搭镰割麦三爷就头大得不得了，心里熬煎。三太爷三太婆年龄大了在家做饭，娃们小也只能干些送茶送饭的事。十几亩麦子全靠三爷和三婆一镰刀一镰刀割，一车一车往场里拉。一场风，眼睁睁成熟的麦子就要落在地里；一场雨，眼看着麦子生了芽。"这可怎么办？"三爷就像秦腔《庚娘杀仇》里的尤庚娘坐愁城，满腹都是愁，吃不香睡不实，嘴角长满了明晃晃的水泡，心里像着了火，嗓子也哑了。"活人叫尿给憋死了？去找俩麦客！"三太爷一语惊醒梦中人。三爷来到村口，只见一个个背着行囊、脖子上搭着毛巾、腰里别着镰把和磨石的麦客在大槐树下围了一大圈。三爷眼睛一亮，看到了一片晴天。三爷一眼就看中了一对父子麦客。三爷人实在好说话，麦客父子厚道也不挑剔，双方很快成交。"走，给咱割麦走。"三爷喜笑颜开地领着麦客父子一起下地割麦去了。

　　这是一对来自甘肃平凉的麦客父子。父亲五十出头，凌乱的头发白了不少，一张木刻版画般的脸，脊背被生活压得有点弯，显得有些饥瘦。儿子二十来岁的样子，黑红脸庞充满着黄土气息，很是壮实。父子俩话不多，挺能吃苦，割麦肯卖力气，麦茬也留得很低，吃饭好坏也不嫌弃，三太婆做什么就吃什么，吃什么都说香。三爷对父子俩割麦挺满意，半天下来就熟得跟亲戚一样。

日头爬到头顶的时候，三太爷领着娃们用瓷盆和瓦罐把饭送到田间。麦客父子俩和三爷擦擦手，蹲在地头树荫下，狼吞虎咽风卷残云一般吃完一大老碗面，美美喝上一碗面汤，又下地割麦了。吃饱了喝足了，手里更有劲了，镰刀也轻了许多，快了不少。麦子顺从地倒在他们的镰刀下，呼啦啦一大片，一捆一捆，在他们身后卧了一地。

正午火辣辣的太阳直照在他们的胳膊上，半天时间胳膊就晒得红紫红紫的，手轻轻一抹就开始脱皮了。这会儿是一天最热的时候。"下个晌，稍微眯一会儿。"三爷招呼这爷俩。"不用，我没有下晌的习惯。"麦客父亲说。"大，你去睡会儿。"儿子对父亲说。"你去，我不累。"父子俩谁也不肯下晌。

天最热的时候对麦客来说是割麦的最好时间。这个时候温度最高，麦秆最脆，割得也最快。父子俩谁也不下晌，都想趁热多割一些麦子。爷俩戴着发黄的草帽，左手搂着麦子，右手挥舞着镰刀，左脚挑起，镰刀往怀里一撸，一镰刀下去割倒一片。父子俩齐头并进地割着麦，谁也不说话。累了，父亲偶尔会唱起一首甘肃民歌，或者哼上一段秦腔，也算是乐在其中。儿子则低头不语，埋头割着麦。一会儿，父子俩破旧的衬衫被汗水弄湿了一坨一坨，满是泥土味的汗水顺着发际一绺一绺流淌，割一会儿就要用搭在脖子上的毛巾擦一把汗。个把钟头，衣服就全湿透了，像汗蒸过一样。

"歇会儿吧。"三爷看了有些不忍，招呼麦客父子。三人蹲在地中间机井旁边的白杨树下。牛饮了一大洋瓷缸水，三爷和麦客父亲吧嗒吧嗒地抽着旱烟，拉着家常。麦客儿子则掏出废纸，抓了一撮旱烟丝，卷了一根纸烟兀自抽起来。他抬起头，轻轻吐出一串串烟圈，忘情地独自欣赏着，眼角隐隐有一丝牵挂。他想起了牙牙学语的儿子了。

一阵下山风悠悠地吹来，头顶杨树叶子沙沙作响，麦穗轻轻摆着头，空气有了一丝凉意。三爷和麦客父子又提着镰刀下地了，他们佝偻的影子镶嵌在麦地里，构成了一幅壮美的图画。好麦客一天能割上一亩半到二亩麦子，一天挣上几十块钱，这对他们来说已经是一笔很可观的收入了，不仅可以贴补家用，还可以给媳妇添一件新衣，给孩子买一件玩具。

后晌，憨厚的麦客父子帮三爷把麦捆一一倒向阳面。日头落山的时分，麦客父子又帮三爷把麦捆一个一个竖直直地栽起来。"六月天娃娃脸，说变就变"，一阵凉风，乌云滚滚向南，天要下雨了。麦客父子又急急忙忙帮三爷把麦捆码在一堆。雨过天晴，父子俩又和三爷把麦捆一一拉开，栽在地里晾开。厚道的父子俩谁也没有一声怨言，三爷看在眼里，感激在心里。

吃罢晚饭，父子俩腰酸腿疼，浑身就像散了架似的。三爷给父子俩找了一处空房。父亲让儿子先去睡了，自己拿出磨石，弄了些水一下一下磨起了镰片，为第二天割麦做着准备。儿子第一次当麦客，着实乏了，鼾声如雷，睡得很香很香。蟋蟀在户外鸣唱，一股夏风从窗户吹了进来，麦客父亲一边磨镰片，一边轻轻哼着秦腔。

割完了三爷家的麦子，三爷跑前跑后帮麦客父子在村里找雇主。遇到下雨天，麦客父子没有活干，三爷就把父子俩叫到自己家吃饭。麦客父子有点过意不去，就帮三爷干点零碎活。一个夏收之后，三爷就和这对父子成了朋友。以后父子俩每年来赶麦场，都会来到三爷家，先帮三爷割麦子。后来父亲割不动了，儿子一个人来的时候还是先来三爷家。一晃就是十多年，年年如此。

村子里收割机越来越多了，割麦很少用人工了。最后一年麦客儿子在村里转悠了几圈，两三天都没找到雇主，吃饭都成了问题。还是三爷把他叫到自己家里吃了几顿饭，又给他一些车费，麦客的儿子千恩万谢出了村子。他在村口和三爷告别时，脸上的表情很复杂，眼睛里有感恩，有失落，有无奈。

第二年，麦客儿子又来了。不过这次不是带着镰刀，而是开着一台收割机。原来麦客儿子贷款买了一台收割机，和弟弟一路又赶麦场来了。照例先给三爷家割麦，仍然住在三爷家。再后来，村里地越来越少了，几年天气，麦客儿子也就不再来了。他最后一次走的时候并不很伤感，只是有些舍不得三爷，搂着三爷足足有几分钟。他爬上收割机的驾驶台，在收割机隆隆的歌声里，唱着民歌离开了。

每每麦黄时，三爷就想起那对麦客父子。后来听说麦客父亲在家里养了几只羊，养了一些鸡，倒也衣食无忧。麦客儿子在家乡办了一个小厂，效益还可以。麦客的孙子大专毕业在县城开了一家网店，经营家乡的土特产，生意挺兴隆的，前几年在县城买了一套商品房，去年结婚了，媳妇也快要生产了，马上要四世同堂了，一家人挺幸福。

每每听到麦客一家的好消息，三爷都很高兴，像买彩票中了大奖一样，也很兴奋，逢人就讲。

村外收割机轰鸣，像几头饥饿的怪兽吞噬了几百亩麦子，身后吐出一绺绺碎麦秆。几台拖拉机突突地叫着，吐着一串串黑烟，一趟趟在村子和麦地来回穿梭着。三爷腰上别着烟袋背抄着手，吼着"东南角起黑云半明半暗……"，晃晃悠悠地走出了村子。

望着三爷远去的背影，我仿佛看到了三爷的老朋友，甘肃麦客祖孙三代的身影，听到了他们爽朗的欢笑声……

"开镰了……""他大舅他二舅都是他舅，高桌子低板凳都是木头……"麦客们的吼声和秦腔声又回荡在村口大槐树和凉水泉的上空。

｛杀猪匠｝

杀猪匠也称屠夫，顾名思义就是职业杀猪的人。杀猪匠不仅仅杀猪，也杀羊宰牛。这是一个最古老的职业。当人类从母系氏族进入父系氏族，以狩猎为食，将被捉住一时吃不了的动物畜养起来的那一刻起，宰杀牲口就成为一种职业。这个职业，一直传承了上万年。不过如今这个职业即将消失，湮没在历史时光里，将和农耕文明一起成为乡村的一种永久的历史记忆。

历史上留名的杀猪匠并不多，杀猪匠也有技艺和品位高下之分。从文学和戏曲作品里我们记住了一些杀猪匠：宰牛技艺高超者如先秦的庖丁，从杀猪匠做起成为一代骁将者有三国时的张飞，善良热心助人者有做了状元的胡山，势利贪财者有范进的老丈人胡屠户，欺男霸女者如水浒里的镇关西……

在我对乡村的记忆里，杀猪匠是这样的：眉毛倒竖，眼睛白里泛黄，络腮胡子，嘴巴大大的，满脸横肉，一副凶相，耳朵上老别着一根雪茄，衣服油迹斑斑，肩上挎着一个大大的帆布包，装着尖刀、刮刀、砍刀、挠钩、通条，总是趾高气扬的。过年过会前，杀猪匠最红火，东家请了西家请，张家请了李家叫。可别说离了张屠夫不吃带毛的猪，那时真离不了杀猪匠。你看，身后边排队的一个接一个，杀猪匠两只耳朵都别着纸烟。

和我们一个队上的三哥就是一个杀猪匠，不知道是猪肉吃得多了，还是原本就壮实，反正五大三粗的，膀大腰圆很彪悍。眉毛短而粗，眼睛白多黑少，眼珠子外吐，胡须又硬又黄，嘴巴很大仿佛一口就能吞掉一头猪，满脸赘肉。三哥平时和大家一样种地，过年过会或有人请时操起手艺杀猪。改革开放之初，给乡党杀猪不收钱，主人家给上半个猪头或者一副猪肠或者一副猪肝或者几斤猪肉，权作不是报酬的报酬。家里吃荤带油的日子自然比别人家多一些，一家人老红光满面，脸老往外渗油似油汪汪的。村里人好生羡慕，小学同学不少怨父亲为什么不是杀猪匠。那时农村生活很艰难，能吃饱就不错了，一年半载吃上一顿肉是很奢侈的。就连杀了猪的人家也舍不得吃肉，最多留下一点，其余都卖了钱。紧细的人家不仅肉也舍不得留一点，连猪头猪蹄子也全卖掉了，只留下一些猪油，碗里算是见到了荤腥儿。

随着商品经济的发展，乡党之间也就生分了。杀一头猪，给上十块二十块钱，外带一条雪茄。三哥倒是不缺雪茄，经常看到他嘴角噙着一根粗粗的黑雪茄，远远地就闻到一股子烟味。据说雪茄比一般纸烟劲大，尼古丁含量高，抽着过瘾。三哥抽雪茄有一个嗜好，不抽则罢一抽就一次抽完一根，从不半途而废。他抽雪茄一般不把烟吐出来，全都吸进肺里，心情好的时候才会把烟吐出来，那烟不是一缕一缕的，而是一个一个烟圈，一串一串飘升，仿佛灿烂的花儿，他得意地欣赏着，很是惬意很是享受，仿佛那烟圈就是他创作的一件艺术作品，他深深地陶醉其中。我们看了很是羡慕，他在欣赏烟圈我们却在一旁欣赏他。

三哥杀猪确实是把式。到主人家抽上一根雪茄，喝上几大口长安老窖。主人已将猪赶出圈来，猪一看到三哥，就往后退——看到他满脸杀气，闻着一身酒气，猪知道自己的大限到了，任凭几个人驱赶，就是不肯再前进半步。只见他大步上前，右手握着铁挠钩，左手提着尖刀。那只黑猪立刻浑身哆嗦，两腿战战，两只混浊的眼睛滴下几滴眼泪，前腿一软竟然跪在了地上。三哥眼睛眨也不眨，手抖也不抖，铁挠钩钩住黑猪的脖子，尖刀猛地一刺，一股猪血喷涌而出，如同一道凄美的彩虹。盛猪血的盆子早已放好，腥红的猪血汩汩流了一盆子。黑猪的四个蹄子垂死蹬了几下，就再也不动了。

马有失蹄，人有失手。三哥也有失手的时候，不过走麦城他是不会给人讲的。有一次，要杀的大白猪不仅很犟，力气也很大，看到他就像疯了一样，拼死挣扎。他一尖刀下去竟然未中要害，白猪竟然挣脱了挠钩，淌着血夺路而逃，像无头的苍蝇乱撞，竟然把三哥撞了一个跟头。他失塌塌地坐在了地上，猪血溅了一脸。他伸手一摸，抹得满脸都是，就像红脸关公。他又是羞，又是气，爬起来和大伙一起去追大白猪，结果还是没逮住。最后还是大白猪自己撞在主人家后院里的老榆树上，流血过多气绝而亡。尿脬打人臊气难闻。逗得大家哄堂大笑，他羞得不行，脸红到了脖颈子，胀得像猪尿脬，恨不得钻到地缝里去。

三哥力气大，200多斤的猪轻轻一扛就摔到了案板上。死猪不怕开水烫，用大铁瓢把滚烫的开水泼到死猪身上，浑身上下浇个透。然后像剃头匠一样用铁刮把猪毛刮净。乌黑的猪一会儿就变得白白净净，像施了魔法一样。然后在猪的前右蹄子开个小口，他鼓起腮帮子用力吹气，满脸憋得通红，腮帮子圆得像一面鼓，将拔了毛的猪吹得胀胀，敲一敲嘭嘭如战鼓声。最后用铁钩将猪两个后腿挂在搭好的木架上，接着开膛破肚，把猪的心、肺、肠子一一摘除，将猪一分为二，两扇子肉挂在架子上。猪尿脬摘下来，冲洗干净，三哥用力把它吹大，像氢气球一样，圆圆的，大大的，吸引来了一帮孩子。孩子们抢着闹着缠着嚷着，三哥把气球一样的猪尿脬给了其中一个，他拿到以后高兴得燕子一样快乐地飞走了，后边一帮孩子跟着追着喊着撵着跑着，前呼后拥浩浩荡荡。

多半天下来，一头猪被三哥肢解成了一块一块骨头、肉。肉卖完了，主人家酒肉款待一番，付了工钱，又给他带上两个猪蹄、一条雪茄、两瓶长安老窖。他摇摇晃晃，唱着秦腔"王彦章来我好悔……"，深一脚浅一脚回家去了。

好多年没有见到三哥。听说他得了高血压留下后遗症，半身不遂，拄着拐杖勉强可以走几步。清明节回家上坟的时候，路过他家门口，看到他坐在门墩上晒太阳。斜耷拉着脑袋，面部表情呆滞，眼睛混浊无光，嘴角哈喇子直流，扯得很长拉成了线，一头在嘴角，一头在衣服上，脖子上拴着一个手帕，衣服脏兮兮的。"三哥好。"我和他打招呼，他似乎有点不认识我。我递上一根烟，他手哆哆嗦嗦，连拿都拿不住。"病得厉害，认不清人了。"隔壁的张叔摇摇头，叹息道。对门白发苍苍的居士四婆踮着小脚，斜靠在门框上，絮絮叨叨地说："报应啊，报应！都是年轻时造的孽。"拿了一辈子刀子，宰杀过无数头猪的汉子竟然如此狼狈，我心里有点泛酸。扭过头去，不忍心再看他一眼。

不久听说三哥死了，从此村里再也没有杀猪匠了。村里人慢慢地把他忘掉了，不过我每次回老家，从他家门前经过就会想起来他。这时耳边就回荡着万春爷诵读因果经："欲知前世医，今生受者是。……今生短命为何因，前世宰杀众生身……"

也许三哥已经成佛了，也许三哥还在修行的路上。

{骟匠父子}

丁零零，丁零零……村口传来了一阵阵清脆的自行车的铃铛
声……

只见一位戴着石头墨镜的中年男子，斜挎着一个小包，推着一
辆半新不旧的二八式加重自行车，边走边扭动铃铛。车头上插着的
半尺高小铁棍上绑着一绺鲜艳的红布，在微风中飘舞。到了凉水泉
边三棵伟岸的大古槐树下，男人停住了，把自行车撑在那儿，掏出
旱烟锅子吧嗒吧嗒过着烟瘾。三五个小孩子立刻像麻雀一样蹦蹦跳
跳地围了上来，叽叽喳喳喧嚣着。村口一下子热闹起来了。

原来是骟匠进村了。不过这一幕已是 30 多年前的情景了。

骟匠，乡下人叫劁猪的，也就是专门从事阉割猪的人。据说公

猪割掉了生殖器、母猪切除了卵巢以后，才能多长肉多长膘。骟匠也是乡村里的一个最古老的职业，据说殷商时代就有专门从事阉割家畜和牛马等牲口的骟匠。在商代的甲骨文中，就已有关于猪的阉割的记载。《易经》中曰"豮豕之牙吉"，意即阉割过的猪性格变得驯顺，牙虽犀利也不足为害。《礼记》也有"豕曰刚鬣，豚曰腯肥"一说，意为未割骟的猪皮厚毛粗，叫"豕"；而骟过的猪则长得膘肥臀满，叫"豚"。

我们村也有一个骟匠，说起来还是我家的一位远房亲戚，论起来我应该管他叫舅爷。他年龄并不大，也就四十出头。他的哥哥是乡上兽医站的一名兽医，吃的是公家饭。他本人是农民，不过和其他面朝黄土背朝天的农民不同的是，他有一门骟割手艺。家有良田百亩，不如薄技在身。骟匠自古属下九流，地位低下，不过好赖也算是一门手艺，比起靠天吃饭的农民可强多了。骟猪虽说走村串户辛苦一点，但是可以挣到一些零花钱，家里的日子也就活泛多了。

舅爷手艺不错，十里八村闻名。阉猪要选晴朗的日子，猪娃的伤口容易好。瞧，对门的四妈姗姗而来，舅爷热情地上前打招呼："老嫂子，是不是要劁猪？"四妈边走边解下腰上的蓝色粗布围腰儿，拍打拍打衣服，一手拎着围腰儿，一手捋着头上的手帕，"是的，大兄弟，走，去我家，20 天前逮了两只猪娃。"四妈笑呵呵地领着骟匠舅爷去她家。四妈放出圈里的两只黑猪娃，舅爷趁着猪娃不在意，鹰抓兔一般抓住一只。他一张有力的大手把猪娃提在半空，猪娃嘶嘶地叫唤，两只后腿胡乱蹬着。他把猪娃侧身平放在地上，一只脚踩住猪娃的一条腿，一只手分开猪娃的两条后腿，另一只手掏出刀子。可怜的猪娃狠劲地挣扎，发出声嘶力竭的惨叫。舅爷提刀呼啦划开睾丸处，将刀把嘬在嘴里，三下五除二摘了猪娃的睾丸，整个过程干净利落，出神入化。舅爷抓了一把四妈准备好的草木灰，撒在猪娃的伤口上，这才撒手放开它。被阉割的猪娃，顿时失去阳刚之气，蔫蔫地跑到后院去了。另一只黑猪娃眼睁睁看着同伴被骗，自知难逃厄运，早已躲得远远的两腿直打哆嗦。舅爷撵上前，如此这般划开它的两条后腿，一刀伸向它的私处，卵巢就被切除了。

舅爷虽说是骟匠，但人很折眉（关中方言，意为穿戴讲究、爱整洁）。胡子刮得干干净净，衣着整整齐齐平平展展，冬天戴一顶鸭舌帽，一年四季有色石头镜不离眼，活脱脱一个绅士。他人又多才多艺，曾是村里业余剧团的骨干，眉户唱得很不错，可以比得上专业演员了，不仅能唱小生还能唱老生，秦腔现代戏《三世仇》里的王老汉、眉户《梁秋燕》里的春生是他的拿手戏。他是个阳性子，喜欢开玩笑，还爱说点调皮话，有时见了熟识的女人打个情骂个俏，说几句酸溜溜的骚情话，被戏称为"村里中老年妇女的偶像"。

舅爷后来也开始给猪、牛、马等看病，算是半个兽医。日子过得虽不是很富裕，倒也可以，盖起了一砖到顶的庵间房。不过好运不长，舅爷六十出头就得了绝症，不久就一命呜呼了。听村里人说，舅爷在得病的日子里，非常痛苦，受了很多罪，走的时候都不成人形了。有人迷信说他让千百头猪受了痛苦，它们一起向他复仇了。

骟匠儿子即我舅爷的儿子，也是我小学的同学，按辈分我应该叫他舅舅——乡下有乡下的规矩。其实他和我同岁，只是出生的月份大我几个月，不管怎么样在众人面前我还是叫他 L 舅。他小学时和我同班，初一的时候留了一级，成了我的学弟，高中依然和我同上一所学校，我考上师范学校后，他补习了两年，最终名落孙山，回到了村里拿起了老父亲的劁猪刀。教书匠和骗匠的交集几乎没有，见面的机会少之又少，甥舅情、同学情也就像白水一样寡淡了。

L舅做骗匠的时候，与舅爷当骗匠那会儿简直不可同日而语。鸟枪换成了大炮，自行车换成了摩托，腰上别着手机，摩托车头插上一根小红旗，后面驮着一个药箱或者几袋猪饲料。他脑子活，经济意识强，集骗匠、兽医、销售饲料于一身，四周八岔跑。哪家养猪户买了猪娃，他就去骗；哪家养猪户家的猪厌食生病，他就去给打针灌药；哪家养猪户没了猪饲料，他就送上门去。有一次岳母养的猪生病了，电话让他来给猪看病。适逢周末我们恰好相遇，穷教书匠遇到了骗匠，他看着我，我瞧着他，彼此有点不好意思。短暂的尴尬过后，还是他爽朗的笑声打破了沉闷的氛围。"在学校忙吗?""还可以。"……他问一句，我答一句。我不知从何聊起。他并不自卑，很是从容。相反我反而有些扭捏，我这个穷教书匠倒蛮自卑的。三百六十行，行行出状元。看来他对做骗匠还是挺满意的。

L舅的日子比起舅爷那会儿红火多了。十几年光景就拆了庵间房，盖起了两层楼房。墙面贴的是鲜亮的瓷砖，地面铺的是闪亮的防滑地砖，新颖时尚的家具，一点也不亚于城市人。我有些自愧不如。又过了几年，听说他卖了摩托，换成小汽车，不再做骗匠。除了销售猪饲料，还经营起了塔吊，搞起了建筑服务，也可以算得上是一个准暴发户了，说话做事也有了派头。假如我们再见面的话我也许会自惭形秽，不过一直未曾见过。

　　最后一次见到 L 舅是在殡仪馆里。L 舅去城市建筑工地的路上，遇到一辆满载着钢筋的大货车，一大捆钢筋侧滑蹿进了小汽车，他被戳死了。村里同学打来电话，听到噩耗的一瞬间，我脑子里一片空白，足足有几分钟处于失忆状态。我有些不敢相信自己的耳朵，也不愿相信这个飞来横祸。殡仪馆里哀乐低回，哭泣声不断，在司仪的引导下我向 L 舅的遗体做了最后的告别。我深深地鞠了三个躬，为我的 L 舅，为我的老同学，为村里最后的骗匠。

　　走出殡仪馆，一阵大风，西南边天空黑云滚滚而来，顷刻间就下起了大雨。然而十分钟后，天又放晴，金灿灿的阳光让整个大地生辉，天依旧那样蓝，云依旧那样白，远处的南山依然那样苍翠。

　　我看到村口学校门前的大槐树。

　　我看到了天堂里的舅爷和 L 舅，我不知道自己该说什么。

{赶脚猪的人}

从前在乡下小道，经常会看到这样一幕：一位穿着寒酸，戴着旧草帽，长得有些猥琐的、老实巴交的老年男人，手上拿着一根树枝，赶着一头猪，慢悠悠走着。这猪不同于一般的猪，骨架很大，又高又长，有点瘦骨嶙峋，走起路来却很稳健。最引人注目的是，这猪的两条后腿之间垂下一个硕大的阳物，几乎快要挨着地面了。

脚猪，从前乡下专门给发情期母猪配种的公猪，学名种猪。因经常被主人走着赶着去和母猪交配，猪的四条腿很粗，蹄子很大有点像骆驼的脚，乡下人称作脚猪。因为脚猪常要跑路，东村一跑，西村一去，南一趟，北一回，跑得很欢，所以乡下人常骂腿脚利索爱走动的人或者那些拈花惹草的男人是脚猪。把养脚猪的人，称为赶脚猪的。就像沈从文故乡湘西苗族人把那些背尸人称作赶尸人一样。只不过少了其中的神秘感，多了一些卑微。

一个村子里养母猪的人家并不多，养脚猪就更少，方圆十里十来个村就一两家。一般人家是不屑于养种猪的，觉得那是令主人蒙羞的事，会被村里人看不起的。脚猪四处留种，但却不留名也不留情。没有哪家的母猪会记着，也没有哪家小猪仔会知道自己的父亲是哪个脚猪，有点像"走婚"。养种猪的都是那种年龄大，经历过男女之事，榆木疙瘩老实头。这些人大多不在意或者说对别人的看法感知能力比较迟钝一点。人脑子笨一点没有其他的挣钱门路，养上一头种猪还可以挣点零花钱，油盐酱醋等日常花销也就活便些。

我们邻村有一位赶脚猪的。那人五十出头，看上去就有六七十岁，头发散乱且夹杂着麦草屑，像一年都没有洗过似的。脸上的皱纹褶子很深，如同跌宕起伏的山梁。一双干瘪的眼睛，眼眶里有些许像造纸厂流出的黄水。一排排大黄牙，好像一辈子都没刷过。个子不高，长得虚胖，走起路来畏畏缩缩。头很大，人送外号"大颡"。家里有两个儿子，脑子比石头强一点。大的三十多了还是光棍一条，老二二十七八也没找到媳妇。乡党们看着着急，真是皇上不急太监急，有点咸吃萝卜淡操心。"大颡"老两口却一点也不急，日子过得从从容容，从早到晚，从晚到早，一点也不熬煎，一日三餐该吃就吃，该睡就睡。再说了急又有什么用，熬煎也没用，总不能给儿子在树上逮个"春媳妇"。天要下雨娘要嫁人，顺其自然。日子是一天一天过，一天一天日子也就过去了。看着那老两口不在乎的样子，乡党也就不再着急了。

南边村子一家养母猪的，捎话给"大颡"老汉，他家母猪最近总是嗷嗷叫，在圈里立卧不安，并且厌食，可能是到了配种期。"大颡"老汉吃过早饭，戴上那顶有点发黑的旧草帽，吆喝着脚猪走出了门。一路上不紧不慢，脚猪走，他跟着走。脚猪不走了，他就吆喝上几声，要不然骂几句粗话。脚猪听了也不生主人的气，又缓缓地走起来。偶尔用树枝抽上一下，说是抽其实也就是吓唬吓唬脚猪。"大颡"老汉很爱脚猪，他才舍不得打它，那是他的摇钱树。再说脚猪虽幸女无数享受片刻的欢愉幸福，但是挺累的，身上的膘掉得快，几乎成了一个空壳。"大颡"老汉很心疼脚猪，没办法，他要靠脚猪生活。

老汉和脚猪一前一后慢悠悠走呀走呀。老汉实在闷得慌，就和脚猪说说话。脚猪只是听，偶尔会哼哼几声，也算是回应，他就自顾自地说着。时间也就过得快了，路仿佛变得短了。有时实在无聊，老汉一个人唱上几句秦腔，给脚猪听听，也给自己听，也算是自娱自乐。他喜欢唱丑角戏，秦腔名丑闫振俗的《白先生教学》、王辅生的《看女》、晋福长《三滴血》五台县的唱段，他都能唱上不少。就是有时有些东拉西扯，从这个戏上就唱到了那个戏里。老汉自己乐呵呵的，听懂没听懂，反正脚猪也乐呵呵的。

到了养母猪人家，将脚猪赶进圈里。主人端上一杯白糖水，"大颡"老汉慢慢地品着。喝罢水，嘴一抹，他不放心就跑到后院，靠着猪圈的铁栅栏门，看着脚猪努力地踮着后退，趴上发情的母猪身上哼哧哼哧干着美事。对于猪来说一年就那么几次，它们还是很珍惜这良辰。脚猪和母猪并不在意赶脚猪人的观看，更没有一点羞涩的意思。"大颡"老汉看这场面也不是一次两次了，他看的次数多了，已经见怪不怪了。当脚猪完成了一次生命的壮举，已累得精疲力竭，呼哧呼哧直喘着粗气。母猪夹着尾巴，悻悻地走开了，卧在棚底下，闭着眼睛懒洋洋地晒着太阳，小声哼哼着，不知是在回味还是留恋？一群小生命在这壮举之后，就在母猪的肚子里孕育了。

"大颡"老汉心疼地将脚猪放出来，爱怜地摸摸脚猪的脊背。主人早已和好了一盆子猪食，算是对脚猪的犒劳。"大颡"老汉硬是缠着主人多放上两勺麸子，说是脚猪消耗太大了，要给它增加营养。脚猪美美饱餐一顿，体力恢复了。"大颡"老汉拿了钱装在口袋，心里也踏实了。戴着那顶少了半圈的旧草帽赶着脚猪慢悠悠地上路回家了。

随着农业现代化进程的加快，零散的养殖已不适应现代养殖业的发展需要。养猪户少了，养母猪就更少了。如今大型现代化养猪场则利用人工接种，不再是自然接种，脚猪也就消失了。最后赶脚猪的职业，也作古了。

这些卑微的赶脚猪人，让猪的血脉得以延续，也让人们吃到了更多的猪肉。高尚者未必真的高尚，卑微者未必一定卑微，高尚者也许会下到地狱，相反卑微者也许升入天堂。世界原本如此。

十多年了，乡下再也看不到赶脚猪的人了。

那些赶脚猪的人早已到了天堂，也许他们还在赶脚猪，也许他们已经改行了，也许他们已经从事现代时尚的职业了。

忽然一阵清风，吹散了我赶脚猪人的记忆。但愿赶脚猪的人不再卑微。

{押家}

旧时，市场上在卖家和买家之间协调沟通、赚取差价的人叫押家，有些地方也称捐客，如今换了个名字叫中介。旧时说世上有七十二行，朱元璋当了皇帝又说三百六十行，不过这行行出状元。押家也是一行。

旧时押家在农村集贸市场上很活跃，既不用出力，也不用流汗，耍耍嘴皮子就能挣到钱。不过乡下人并不看好押家，也不待见押家。押家原本给人的印象就不好，这些人干活怕出力，吃饭爱弹嫌，有点游手好闲不务正业，有些像二流子。冬天披一件褂子，头上一顶火车头棉帽子，夏天一件衫子敞着胸，戴着一顶草帽，抄着手眯着眼在集市上晃荡来晃荡去像游神。中国自古重农抑商，商人原本地

位不高，押家不受人待见也就不足为奇了

上世纪 80 年代初农村改革，市场搞活，销声匿迹了多年的押家，像冬眠的虫子又破土而出，穿梭在农村的集市上。

押家靠的是嘴皮子赚钱。做押家的大多脑子灵活，能说会道，把病的能说成好的，把死的能说成活的。也特别有耐心，能缠能磨，缠缠交交，想尽千方百计非要把买卖说成不可。常言道："买卖不成说师未到。"也难怪，买卖说不成的话，一上午的工夫白费了不说，连个吃饭的钱都没有，那样只能喝西北风或者把嘴泥在墙上了。

农历八月初二，是古镇子午赶集的日子。在集市上转上一圈，稍稍留意一下，就会发现骡马市场木材市场上的几名押家。卖骡子的将骡子拴在一棵白杨树上，圪蹴在旁边的一块青石上兀自抽起旱烟。他狠劲吸了一口，有点太猛，呛得他连连打着喷嚏，咳嗽个不停。他干脆用打火机压灭了烟，狠狠地磕了几下烟袋锅子，把还没有燃尽的烟丝磕在了地上，找上一根短短的树枝，又使劲挖着没磕掉的烟灰，焦急地等待着买主。

骡子也在树荫下待得无聊，一会儿扬起脖子东瞅瞅、西瞧瞧，一会儿低下头在地上努力地搜寻可以吃的，却什么也没有。待的时间长了竟有些莫名的不安和烦躁，抖抖几乎要垂到地上的尾巴，打着响鼻。几只苍蝇在骡子的后腿上骚扰来骚扰去，骡子抬起一条后腿，狠劲地踢着，结果把自己踢疼了，直咧嘴。

这时围上来几个买家，卖家立即抬起身来，迎了上去招呼着，"买骡子？瞧，我这骡子身架，干起活来力气很大。"买家围着骡子看了几个圈。"这骡子只有四岁，不信你掰开口看看，要六是儿子买了拖拉机，我才舍不得卖呢。"卖家手抚摸着骡子的头，捋捋脖子上的鬃毛。"我看看……"几个买家掰开骡子的嘴查看年龄和牙口。双方开始谈起了价码，讨价还价，你来我往，几个回合就是谈不拢。

这当儿，在一旁观看多时的押家登场了。他先是将卖家拉到一旁，小声说了一阵。又将买家拽到另一边，咕咕哝哝了好长一会儿。押家二翻身又拉着卖家，这次说得不多，声音压得更低了。然后摘下头上的草帽，和买家在草帽底下捏着价码，这是商业机密不能让第三个人知道的。"老哥，这个价可以了，再多人家就不要买了。"押家半笑半哭丧着脸说。"少了这个数不卖，要不是……"卖家语气很坚定，草帽下的那只手很有力。"我再说说。"押家又把买家拽到一边，两个人圪蹴下，又是一阵子窃窃私语。押家站起来，腿有点麻，圪蹴的时间不短了。他活动活动腿，揉揉小腿肚子，又向卖家走去。又是草帽子下的捏码子，不过这次时间不长。卖家一脸笑容，押家也乐呵呵的。一场骡子交易在押家的反复协调下就这样做成了。买家把一厚沓钱交给押家，他一手拿着，一手快速地数着，时而给数钱的一只手吐着唾沫。人民币翻动声音的声响，是那样的清脆，如同明快的秦腔音乐，直接进入了三个人的心田。押家抽出了几张，塞进自己的口袋，然后一手将其余的钱交给卖家，一手将骡子的缰绳递给买家。买家"驾驾"一边吆喝着，一边高高兴兴牵着骡子扬长而去。卖家此时却有点不舍，毕竟养了几年和骡子有感情了，望着骡子的背影，依然不肯离去。骡子猛然回过头，卖家的眼睛湿润了，骡子滴下了两行泪。

押家早已哼着秦腔，来到街上的小饭馆，要了两个下酒菜，一瓶长安老窖，慢慢地品着麻（关中方言，意为回味、享受）着。一碗羊肉煮馍下肚，酒足饭饱，腆着大肚子，走出饭馆。望着幽蓝的天空，看着洁白的云朵，把衣服脱下来搭在肩膀上，唱着"又是九月九……"优哉游哉回家去了。

押家也不是每次都能挣到钱的，有的集日也是两手空空。押家顺乎了，一个集日可以说成几件买卖，赚到的钱一家人个把月也花不完；押家时运背的时候，几个集日连一件买卖也说不成。

上一集一无所获，今天又是赶集的日子。押家一大早吃过饭又骑着自行车到集上转悠。看到集市东头一个卖牛的，几个买家正围着看。押家装作无事一样，嘴角叼着一支金丝猴烟，在一旁看河塌水涨。看了大半晌，一瞅时机差不多了，上前和卖家搭讪。"老哥，抽根纸烟吧。""我不抽纸烟，那没劲。"说着卖家就在口袋里掏自己的旱烟袋。"抽一根抽一根……"押家按住卖家取烟袋的手，硬给他手里塞了根纸烟，又殷勤地打着打火机，为卖家点燃纸烟。两人谝了起来。弄清情况后，押家开始在卖家和买家之间来回说合着，说了半天就是没说成。买卖不成，说师未到。押家耐着性子，找了几个买家，好说歹说买卖愣是没说成。眼看着太阳已经转到了西南方，肚子也开始咕噜咕噜叫开了，押家无可奈何垂头丧气地走开了，像霜打的茄子蔫蔫的。随便踅进了一家饭馆，胡乱吃了些东西，半饱半饥。

直到太阳落山，晚霞铺满半天。集市上的人们像潮水一样退却，只剩下满地狼藉，夕阳下，押家无精打采地骑着自行车，吼着"我好惨……"，身影渐渐湮没在黄昏的村庄里。

市场经济越来越发达，老一代押家们落伍了，逐渐被淘汰了。代之而起的中介——新时代的押家活跃在市场，不过中介不再往集市上跑了，开起了公司。大量搜集卖方和买方信息，架起两者之间的桥梁，一件件大宗生意谈成了。随着互联网的发展，如今的押家，更是足不出户，打开电脑，听着时尚的音乐，鼠标一点，生意就做成。

"东南角起黑云半明半暗，太上爷骑青牛夜过玄关……"村口曾经的押家挣破头吼着秦腔，听起来有些苍凉，有点伤悲，也有点……

{龟子}

长安把过丧事（也叫白事）请来的礼乐演奏的人叫龟子，也称龟子乐人。

谁家老人仙逝或者过三年都会请上一帮龟子乐人，吹吹打打热热闹闹。丧事表面上给死人过，实际上却是活人的脸面。不管有钱没钱龟子是必请的，有钱了多请上几个，没钱了少请上几个。否则乡党们就会笑话儿女的不孝，儿女们在村子里就活不起人，说不起话，抬不起头。请龟子的人数一般都是双数，好事成双，人死了也要图个吉祥，让祥瑞荫泽后代。一般人家请上四个，家境稍好的人家请上六个或者八个，家道殷实儿女们在外干事的则请得更多一点，有十个的，有十二个的还有十六个，那样更气派，更有面子。哪家

老人丧葬请上八个龟子，已经很了不起了，村里的老人们很是眼红，个个羡慕得啥一样的，看热闹时平日混浊的眼睛竟然闪出一丝灵光，犹如黑夜里的一道闪电。草木一秋，人生一世。对于一个老实巴交的农民来说，即使生得卑微，哪怕活得辛苦，但是死时却要图个风风光光排排场场。

国人有一种攀比和嫉妒心理，攀比嫉妒的对象往往是自己最熟悉的人，老人也是如此。村里的老人们看到同龄人丧葬时的龟子乐人吹吹打打的热闹场面，不由得就想起自己身后事，自然而然想到自己死的时候也要和别人一样请龟子，风光一下。听，他们在凉水泉边正谝着龟子乐人呢。

"你看没嘴唇多有福气，儿子们给请了八个龟子，我死了能请上六个龟子就心满意足了。"圪蹴在房檐下的大鼻子三爷边磕旱烟锅子边自言自语。

大脖子二爷吧嗒吧嗒地抽着旱烟，微带伤感的口吻说道："你儿子比我儿子能行，也孝顺，你死了龟子不会少。"进而有些小悲伤："我不行，牛犊子不能和骡驹比。"

大脖子二爷又扭过头来对秃子四爷说："人比人气死人，我和谁也不比。人死如灯灭，死了死了，一死百了。死了啥也不知道了，管尿它几个龟子，只要他们狗日的不怕人笑话。"大脖子二爷脖子上的青筋暴起，大脖子更大了，说着说着气就不打一处来了。

"老伙计，气大伤身，还是想开点。"秃子四爷劝说着。

"你劝我呢，你想开了吗？你和我一样，再不要老鸹笑话猪黑。"说着说着大脖子二爷话里的火药味就更浓了。和秃子四爷你一句、我一句，你针尖、我麦芒，一会儿俩人就吵得面红耳赤。

"活着吃饱穿暖，死了要龟子能做啥？"坐在石门墩上戴着老花镜的五婆，一边纳鞋底，一边有一句没一句地劝说着大脖子二爷。

其他几个老头老太太一看事色不对，谁也不再提说龟子的话题了。唢呐声依然呜呜啼啼、悲悲切切。老汉们谁也不言传了。片刻的沉默之后又谝起了李正敏和刘毓钟合演的秦腔《五典坡》。老汉们的热情像五月沣河水又高涨起来了。一个个谝得兴酣，高一声低一声，争来抢去，又是唇枪舌剑，争着吵着又不可开交了。

父亲对死后请几个龟子并不在意，而母亲却很看重这一点。父亲前半生在外跟着剧团走村游乡演秦腔戏，后半生跑采购、管理剧院，退休后回到家乡颐养天年。也许是世事经得多了事情看淡了，也许是紧细日子过惯了，他很开明，对于死后事没有任何要求。父亲去世后，我们还是按照母亲的要求为他请了八个龟子，也算是为他老人家尽了最后一点孝心。在伯、叔、妈、婶们羡慕的目光中，风风光光、吹吹打打地把他老人家送进了坟茔。

母亲一生含辛茹苦，平日在家既当妈又当爸，在外既做女人还做男人，受苦巴力养大我们兄妹五人。家里的门面伙夫全靠她一人打理，生产队的工分也全靠她来挣。在世的时候老说她这一生和别的女人不一样，有一个愿望就是死后安葬时一定要请上六个龟子，那就值了。说话间手轻轻一拨耳边的白发，嘴角露出甜甜的一丝微笑。母亲走的时候，我们也为她请了八个龟子，既为了却她老人家的心愿，更为让九泉之下的老父亲含笑。我们不能辜负父亲的重托，父亲临死时把母亲托付给了我们。

龟子乐器以唢呐为主，唢呐主要靠吹，因而有的地方也把龟子叫吹手或者吹龟子的。唢呐吹奏的哀曲，低回沉重哀婉凄惨，声声如哽咽在喉，让人魂散肠断。悲音如泣如诉，让生者悲痛欲绝，似乎定要把死者哭醒。在乡下，远远一听到龟子声，也就是唢呐声，一准不是死了人，就是过三年。唢呐的悲音让人顿时潸然泪下，立即有了一种失去亲人的悲痛。人非草木，孰能无情。

龟子原本写作"龟兹"（qiūcí）。据说唢呐属于西域乐器，盛唐时代从事唢呐演奏者多为来自西域的龟兹人，所以长安城人就把乐人称之为"龟兹"。一代一代传下去，叫着叫着成了"龟兹"（guīzi），久而久之就写成谐音字"龟子"了。龟子彻底被"汉化"了，不过现在的龟子都是当地的汉人，没有一个所谓的"龟兹人"了。细细想起来龟子的称呼还是有点贬低人的意思，乡间人们说话有意无意拿龟子说事，说人太忙就说"看把你忙得跟龟子一样"，骂人奸猾就说"奸得跟龟子似的"，长辈骂晚辈也说"龟子怂"。龟子既没招谁，也没惹谁，常常受到牵连，真应了时下那句时髦话——躺着也中枪。

古代讲三教九流。旧说法吹手是下九流的第二流，可见其地位之低下。龟子也很辛苦，前来祭祀的亲戚到来要鼓乐相迎，上坟的时候来回路上也要吹，男人的舅家、女人的娘家等重要亲戚，还需出村相迎。不过不是白迎，可以得到五块或者十块一个小小的红包，乡下叫作"封"。客人吃饭的时候，龟子们还要吹奏。当最后一波帮忙的乡党吃完饭后，龟子才能吃饭。龟子乐人尽管地位很低，但是市场很繁荣，雇事的很多，不仅能吃香的喝辣的混个肚子圆，而且收入也足以养家糊口，就是有点忙，东一跑、西一颠，南来北去。大多龟子既能吹，又能唱，秦腔自乐班和龟子合锅，吹罢龟子唱秦腔。听，"朱春登跪席棚泪如泉涌，尊一声高堂母……"秦腔《放饭》唱起来了。

这不，村子里龟子又吹起来了。原来是焕先生的爷过三年呢。看，鼓手嘴角嚼着金丝猴香烟，潇洒地扬起鼓槌自如地敲着小鼓，缓缓的如溪流，凄凄的如夕照。敲镲的耳朵上夹着一根纸烟，故意高高地举起两镲，快速收回，却轻轻一击，荡气回肠。六位唢呐手鼓起腮帮子，眯着小眼睛，铆足了劲，把唢呐吹得低沉悲伤，感天动地，祖坟沿的古柏也滴下了混浊的眼泪。哀乐低回，那种凄凉委婉感染着乡村的每一个人。就连平日活蹦乱跳的黄狗也耷拉着脑袋懒洋洋一动不动，骚情的花公鸡呆呆地窝在树荫下，圈里的大黑猪也没有了食欲，满食槽的食物也不看一眼。

我们村里也有一帮龟子，活跃在十里八村。他们学生时代大多是文艺骨干，小有音乐天赋，改革开放后就做起了龟子。小海哥和桂花嫂夫妻俩，农忙时种地收割庄稼，农闲时间就跟着龟子队伍雇事，供三个孩子上学。小海哥吹唢呐，桂花嫂敲鼓。起初遇见熟人不好意思，戴着墨镜以掩耳盗铃，慢慢地脸皮厚起来了，就习以为常了，也就没有什么不好意思了。小海哥弄了一个传呼机和一辆摩托，后来换成了手机。传呼一响、手机一打，就戴上墨镜骑着摩托带上桂花嫂子，一溜烟出了村。俗话说"跟着当官的做娘子，跟着杀猪的翻肠子"，两口子夫唱妇随，有吃有喝，也不用操心家里的鸡呀猪呀狗呀猫呀，倒也其乐融融。

春夏秋冬，寒来暑往。三十几年下来，小海哥和桂花嫂供两个儿子一个女儿上学，一个个先后考上大学，参加工作娶妻生子。儿女们死活不让他们再做龟子了，明里怕他俩劳累，实际怕自己丢面子。小海哥桂花嫂还是丢不下龟子，这天晚上，小海哥拿起心爱的唢呐，深情地抚摸着，眼睛里闪着激动的泪花。一旁的桂花嫂轻轻捋着散下来的几根白发刘海，默默地偎依在小海哥身旁。唢呐、小鼓跟着他们几十年，养活着一家大小，是他们一家的恩人，怎么能卸磨杀驴？再说如今已成了他们生命的一部分，一天不摸都心里发慌，怎么能忍心丢下它们？

第二天一个电话，小海哥夹着唢呐和洋号，桂花嫂背着洋鼓，又骑着摩托出村去了。"龟子也是人，既不偷也不抢，凭的是自己的技艺吃饭，有啥丢人的，有啥下贱的。"小海哥说。

随着对外开放的深入，龟子已不再以传统的唢呐为主了，从大刀长矛换成了西式长枪，有了洋鼓、洋号、萨克斯管。这一点古代的龟兹人是万万没有料到的，过去的龟子更不会想到。不知死者是否喜欢听这西洋乐器，反正他们肯定是不认识的，活着时他们也没有听过。不过生者已经接受西洋乐器，就如同唐人接受龟兹人唢呐一样。

《礼记·乐记》曰："凡音者，生于人心者也。乐者，通伦理者也。是故知声而不知音者，禽兽是也；知音而不知乐者，众庶是也。唯君子为能知乐。"

龟子吃着百家宴席，听着千家哭声，吹吹打打为万千死者送葬，看惯一场场出殡的场面，更在"礼"和"乐"里看透了朴素而又豁达的生死观。

{芦苇花开}

从前，我们村东南柏油马路旁有两片茂密的芦苇荡。

每年九月满荡芦苇穗花开，白茫茫一片，"蒹葭苍苍，白露为霜"，甚是壮观，成为村东一景。从前那些年村里人谁也不会在意它，更没有谁去当美景欣赏它。只有队长马四伯常常去芦苇荡转悠，芦苇荡比他的老伴还亲，一两天不去心里就闹得慌。

那是两片低洼地，成年四季都是湿湿的，每年八九月淫雨季总是水汪汪的一片，很适合芦苇生长。那两片洼地上的芦苇繁殖力很强，像当年的大英帝国向世界各地扩张，不断地向四周蚕食，与马四伯们争夺着脚下的土地。村里人要吃粮食，马四伯就要限制芦苇繁殖，每年超出地盘的一律斩草除根。

那两片芦苇荡什么时间长出来的，谁也说不清，马四伯的爷爷在世的时候说从他记事起那两片芦苇荡就那样旺盛，少说也有成百多年了。

惊蛰刚过，芦花鸭子叽叽喳喳成群结队跳到村西的小河和村口的涝池里戏起水来。春江水暖鸭先知。一场春雨之后，河渠边的柳树已"万条垂下绿丝绦"，公路边棉白杨穗子已爬上枝头，地边的加拿大杨树早早地就吐出嫩黄的绿丫忽闪忽闪看着四周，村东桃园桃树积蓄半年力量，桃花已爬满枝头待放，村子周围麦地的麦苗喝了油似的绿汪汪、展脱脱的，蛰伏了一个冬天的虫子钻出土地四下寻寻觅觅，湿地的芦苇像刚从母亲子宫出来的婴儿探出了尖尖的绿头，看着这既熟悉又陌生的世界，马四伯也开始了每年芦苇荡之行。

四五月的芦苇长得真快。蹿着蹿着往上长，像竹子一样拔节，一天一个高度。马四伯嘴里噙着旱烟杆，在芦苇荡前，转过来转过去。他看在眼里，喜在心上，仿佛看到了秋末冬初的一捆捆芦苇——今年队里的牲口冬天不愁料了。他情不自禁地唱起李正敏的《探窑》，"老娘不必泪纷纷……"，一摇一晃回村去了。

碧绿的叶子不断往长、往宽长，颜色也一天一天从淡绿变成深绿，端午节前后芦苇叶子足足有两三寸宽了，可以做粽叶。开始有女人钻进芦苇荡打粽叶了。打粽叶多是在中午最热的时候，早晚芦苇叶子软，中午时分脆最容易折下。六月火辣辣的太阳，人静静地待在那里不动浑身都汗涔涔的，勤快的女人三三两两戴上草帽或者包上毛巾就偷偷地钻进了密不透风的芦苇荡。个把钟头后，听到了一声秦腔黑头唱腔，女人们急急忙忙汗如雨下地趔出了芦苇荡。她们知道队长马四伯来查看芦苇荡了。

女人们一个一个胳膊下夹着一大撮或者怀里抱着一大把芦苇叶子。再看她们个个脸角和手上挂着血花，一道道红印十分刺眼。女人不敢用手去擦拭汗水，汗水渗进血口子里就一阵钻心地疼，如同被蜜蜂蜇了一样。心里却是满满的高兴，端午节和过年包粽子的叶子停当了，不用再花那个大价钱了。仿佛夹着抱着的是香喷喷的粽子，是娃儿们馋馋的目光和长长的哈喇子。这时当队长的马四伯背抄着手，挣破头吼着"王朝传来，马汉禀……"走过来了。这是秦腔《三对面》的唱段，是马四伯的挚爱，也是他最拿手的一段。女人们则低着头，慌慌张张溜了。"看你们一个个婆娘，瞎乳牛一样蹄子乱踏，芦苇踏成尿了！"马四伯大不咧咧臭骂一通，女人们谁也不敢回头，胆大的也只能在嘴里小声咕哝着。

大晌午，芦苇荡旁只剩下马四伯一个人一边吧嗒吧嗒地抽着旱烟，一边生着闷气。

打粽叶的日子一过，芦苇荡里就少了大人的身影，成了孩子们的世界。整个一个夏季，野鸭在芦苇荡里嬉戏调情，黄莺在芦苇秆枝头尽展歌喉，白鹭在芦苇丛里筑窝下蛋。下午放学我们这些孩子们在芦苇荡里钻来窜去，捕鸟掏鸟蛋，每一次都是战果辉煌，从不空手而归；但是一定不能让马四伯逮住。如果马四伯逮住了挨上几烟袋锅不说，回家少不了母亲的一扫把，第二天在学校还要写检讨，还要被张老师罚站。

初秋赭红色芦苇花穗一个一个次第探出头，一天一天丰满起来，把芦苇荡打扮得更加迷人。风吹芦苇翩翩起舞，绿裙轻轻摆动，亭亭玉立似丰韵的少妇，给人以成熟的美感。

一场秋风一场雨，芦苇叶子一天天染上秋霜，由绿变黄，由黄变成红褐色。淡黄的花穗上开满了白茸茸的花，似霜，似露，似雪，风吹芦苇轻摇，白色的花絮随风飘飘，轻轻扬扬。摘上一枝芦苇花，轻轻偎在脸上，花絮柔柔的软软的如同女人乳房让人陶醉。进而又痒痒的毛毛的，然而又欲罢不能，真舒服啊。眼前又浮现《诗经·秦风·蒹葭》景象："蒹葭凄凄，白露未晞。所谓伊人，在水之湄。溯洄从之，道阻且跻。溯游从之，宛在水中坻。"也许这首诗就诞生在这里。

每年收割芦苇的季节，马四伯天天披着旧褂子往芦苇荡跑。那满荡芦苇可是生产队里牲口今年一个冬天的草料呀，他生怕谁糟蹋了芦苇，牲口就要遭饿了。来年犁地，拉磨全靠牲口，牲口是全队人的希望，也是马四伯的命根子。

鲜为人知的是，芦苇地里有马四伯太多的美好记忆。隔壁大婆说，马四伯是一个外来户。他十岁时，亲生父亲死了，马四伯和母亲一路从山里逃荒到了我们村，是马爷收留了娘俩。马四伯小时候常常受人欺辱，长大后家里穷得叮当响要啥没啥，眼看着二十好几娶不上媳妇，马爷和老伴又着急又无奈。马四伯长得魁梧，身子骨结实，在生产队里干活总挑重活脏活，他人又灵醒，干农活老爱动脑子琢磨，犁地、摇车、扬场样样在行，年轻轻的就是干活的把式，加上为人谦和，少年老成，见了村里人无论男女老少，不笑不说话，因此村里人没有不为他惋惜的。

门中有个年龄相仿的姑娘，暗恋上马四伯，有事没事就去找他，一来二去两人就好上了。村里风言风语也就多了，姑娘的父母嫌马四伯家里穷，就找上门来，不让马四伯和他女儿再来往了。而姑娘却芳心不变，还是经常找他，不过从明变成了暗，村东的芦苇荡成了他们约会的固定地点。芦苇长起的晚上，芦苇荡就成了他们二人的世界。清风徐徐，明月当空，聒噪了一天的鸟儿已经在巢里睡去。芦苇荡里静静，他们默默地偎依在芦苇荡旁，深情地望着天上的星星。一会儿，马四伯指着星星给姑娘看，"这是牛郎星，那是织女星，那是他们的一双儿女"。

"我们可不能做牛郎织女，我们一定要永远在一起。"姑娘机敏地说道。

"但愿吧……"马四伯显然有点不自信。

"你说话不算数了！"姑娘有点生气。

"我怕你跟着我一辈子受穷。"马四伯淡淡地一笑。

"穷我不怕，我们不是有一双手呢？只要人勤快日子会好起来的。"姑娘说着就伸出了一双纤纤玉手，用力地握着马四伯那粗大的手。

"我怕你受不了那苦。"马四伯虽然感受到了姑娘的力量，但还是有些怜惜，有点不忍。

"谁说的？只要能一辈子和你在一起，再苦再累我都能受。"说着姑娘把头贴在马四伯宽厚的胸膛上，她听到了马四伯咚咚的心跳，感到非常兴奋、非常喜悦，姑娘觉得此刻自己是世界上最幸福的人。

马四伯把姑娘的头搂得更紧了，两颗年轻的心紧紧地贴在一起。

那段时间芦苇荡里留下了他们无数甜蜜的微笑、无数美好的憧憬和无数的幸福时光。

另一个芦苇花开的季节，马四伯却找了一个山里的姑娘结婚了。原来门中姑娘的父母不仅自己再次找马四伯，而且恳求马家门中最有威望的老人，给马四伯下了最后的通牒："同门兄妹坚决不能成亲，不能坏了人老几辈的规矩。"明知道自己和姑娘没有血缘关系，马四伯迫于族人的压力，狠心做了负义的王魁，自己先成家了。门中姑娘得知后哭得死去活来，最后远嫁到山根去了，不久就生下了一个女儿。

此后的20年里，每每芦苇长成后，马四伯就习惯性地经常往芦苇荡边跑。他心里割舍不下芦苇荡里那一段刻骨柔情，那是他一个人的秘密。

生产队解散了，没人要那块芦苇地，马四伯把它承包了下来。

又一个芦苇花开的日子，马四伯在外打工的儿子突然跳井死了。没有人能知道马四伯的儿子为什么会跳井，这成了一个谜，一个难解的谜。不久之后马四伯发疯一样挖掉了那两片芦苇荡。马四伯从此有点疯疯癫癫，再也不唱秦腔了。

时间过得真快，一转眼又是20多年。去年秋末马四伯眼看着不久于人世了，他把一切告诉四妈。

当年那个芦苇花开的日子。那一天晚上吃过饭，马四伯闲了在芦苇荡周围转悠。月冷星稀，秋风有了一丝寒意，随身听播放着"泾河水空流淌声惨意寒……"陈仁义演唱的郭子仪那慷慨悲壮的唱腔让秋夜更加苍凉。一阵窸窸窣窣，马四伯以为是水鸟。不对呀，好像有人在里边说话，他以为自己老耳不灵了。他关掉了随身听，屏住呼吸轻手拨开芦苇秆，轻脚踩着芦苇地走进芦苇荡。

眼前一幕让他几乎休克了。一个青年男子正搂着一个妙龄少女，两人忘情地亲吻着。男的是自己的儿子，女孩有点像那远嫁的本家姑娘的女儿。他脑袋嗡的一下，眼前一片漆黑，想呵斥却发不出声。片刻，他颓丧地悄悄地退出了芦苇荡。真是前檐的水不从后檐流。"天哪！我上辈子造的什么孽？"他又是捶胸，又是顿足，自己左右扇着自己耳光。他跌跌撞撞回到了家，在炕上躺了几天。

那一年嫁到山根的本家姑娘生下一个女儿，不久四妈也生下了一个儿子。这女孩从小喜欢到舅舅家玩，女大十八变，越长越漂亮。不过村里有人说闲话，说那女孩长得有点像马四伯。四妈倒是没有放在心上，马四伯心里却微澜波动。有一次过会的时候，马四伯见到了女孩子。孩子已经出落成一个大姑娘了，马四伯偷偷摸摸地仔仔细细地瞧了女孩几分钟。看着本家舅舅这样看她，女孩有些害羞，低下了头，把头深深埋在秀发里。后来听儿子说，那女孩和儿子在一家公司打工，而且在城中村租一家房东的房子。

那天马四伯把儿子叫到炕前，"和那女子断了。""为啥？"儿子问道。"不为什么，你给老子断了！"马四伯斩钉截铁地说。"我偏不断！"儿子的倔脾气也上来了，十头牛也拉不回来，"我们已经住到一起了。"马四伯脸上青一阵紫一阵，"那好，我们就断绝父子关系。有她没我，有我没她，你小子自己掂量着办。"那话撂在地上，仿佛把地面砸了个坑，马四伯像一头愤怒的雄狮，第一次给儿子撂下了硬话。父子俩几天鼻子不是鼻子眼不是眼，弄得似仇家冤家。"她是你姐……"实在无奈，马四伯撕下脸皮告诉了儿子真相。

一连两天，父子俩茶不思饭不想，谁也不理谁。第三天马四伯的儿子收拾铺盖行李，骑着自行车出外打工。当天太阳落山的时候，村里在外打工的人纷纷回家。有人发现马四伯儿子的自行车扔在村西水渠边的玉米地里，褥子、被子、脸盆原封不动地绑在后座上。马四伯和四妈一下子慌了，马四伯一骨碌从炕上爬起来，失急慌忙就往外跑。在自行车周围，发疯似的找儿子。"井边好像有脚印！"随行的本家和乡党中有人喊道。"不会跳井了吧？"有人猜测着。"胡说啥！""呸呸呸，你个乌鸦嘴！"老人们训斥着那个毛头小伙。"看，井里好像就有一个人！"大伙围了上来，定睛一看，果然井里有一个人。马四伯立即瘫坐在地里，四妈早已背过气去了。大家又叫来乡党，拿着绳子等工具，七手八脚把马四伯的儿子尸体捞了上来。四妈哭得死去活来昏天黑地，乡党请来村医只好为她打上吊瓶。马四伯就像《郑丹哭祠》里的郑丹，泪眼汪汪，一夜之间白了头。本家乡党帮忙料理儿子的后事，马四伯坚持把马四奶的棺材给儿子用了。只有他明白，儿子为什么跳井。

后来，每年芦苇花开的季节，马四伯就犯病。芦苇花开过后，马四伯才慢慢地平静了。

如今芦苇荡不见了，马四伯也去了。村里人再也不知道什么时候芦苇开花了。

｛拐枣｝

"父母在还有去处，父母不在只有归途。"

父母相继仙逝，好多年没有跨进老宅的门了。

去年秋天邻居盖房，我打开了满目斑驳、黑漆脱落殆尽的老宅门。一股霉变和尘土混杂的味扑面而来，让人有些透不过气来。混浊的室内蜘蛛网随处可见。20 多年没有烟火的味道，没有一丝活的气息。久违的阳光让屋子闪亮起来，像一个孤独寂寞的人一下有点兴奋。打开进院的房门，不知什么时间，老宅庵间房和厦子房之间，长了一棵胳膊粗的拐枣树。

拐枣树身子不粗，树冠也不大，蜷缩在那狭小的空间里。树枝努力向高空舒展，冒过庵间房檐头二三尺，垂下的树枝快挨上红色的房瓦，树梢接触到了厦子房的背墙。拐枣树枝繁叶茂，拐枣也结得疙里疙瘩的，压得树枝低着头，喘着气。庵间房大红瓦上，落下一层拐枣和树叶，几只麻雀一边啄食着拐枣，一边叽叽喳喳说个不停。我随手拾起落在地上的拐枣，拽掉籽，抖抖土，塞进嘴里，又香又甜。香透了，甜透了，我沉醉其中。

拐枣是长安的最早土著居民。《诗经·小雅》云"南山有枸"，南山即秦岭终南山。《辞源》解释："枸即枳椇，万寿果，俗称拐枣。"《陕西通志》记述："华州（即今渭南市华州区）有万寿果，叶如楸，实稍细于箸头，两头横拐，一名拐枣，紫红色，九月成熟，盖枳椇也。"如此说来，西周时代我们的祖先就开始吃拐枣了。

记得我大舅父家后院里过去长着一棵大拐枣树，小时候我最爱到大舅父家里去，也最喜欢吃大舅父家的拐枣。那棵拐枣树少说也有几拃粗，刀刻般的树皮写满了沧桑，树冠方圆数米，荫裕树下数平方。这棵拐枣树树龄几十年了，据说是大舅家爷爷栽的。上世纪70年代，农村很少有水果，拐枣也很稀有。每年农历九月，秋风开始把树叶染成黄色或者红色，胖乎乎水嫩嫩的拐枣也着上了紫红色。秋阳里的拐枣格外惹人，馋得人直流哈水。大舅父家就会捎话让我去吃拐枣，常常是吃得牙酸嘴腐才肯罢休。吃了不上算，回家时大舅父嘱咐大妗子给我还要带上几大把。我仿佛是一个贪心的猎人，提着拐枣，怀揣大舅父一片疼爱，满心喜悦蹦蹦跳跳地回家去。如果我几天一直没有去，大舅父就会利用生产队放工空儿，专程给我们送上几大把。大舅父进门放下拐枣，看到劈柴提水或者垫茅厕的体力活，立即马不停蹄干起来，帮我家收拾这、收拾那，一刻也闲不下来。母亲要给大舅父做饭，大舅父说什么也不让，"你嫂子在家做着。"干完活大舅父喝上一口水就匆匆回家去了。

其实我的大舅父并不是我母亲的亲哥哥，而是堂哥。大舅父的父母相继过世，大舅父孤苦伶仃一人，由我舅家爷爷照管。我的舅家爷爷一生娶过三房女人，第一房女人死后娶了我的舅家婆婆。在我母亲七岁、她弟弟四岁时，他们的生母去世，舅家爷爷又续弦，娶了第三房女人。少而离母乃人生第一大悲事。都是无母的孩子，同病相怜，大舅父与母亲自然就亲密些，甚至胜过亲兄妹。大舅父大我母亲三岁，对她格外关心。新中国成立前母亲嫁到我家，父亲那时远在甘肃唱秦腔，生下大哥二哥后，与伯父家分房另过。父亲常年在外奔波，母亲一个人既当男人又做女人，既当娘又当爹，家里家外的活儿都是她一个人，日子过得实在不易。母亲从小身子骨削薄，起茅子等体力活干起来确实不行。因是邻村，也就二里路，大舅父常常过来帮忙。大舅父眼里有活，更有我母亲。走进我家，看见啥活就干啥活。

大舅父家里是富农，日子相对宽展一些。上世纪60年代初，大哥在十多里外住校上初中，每周回家都要从大舅父家门前经过。每周上学去的时候，大舅父就会给大哥带些干粮，周末回家时就会挡住大哥让大妗子给他做上一顿好吃的。有时候周内大舅父利用生产队不上工的间隙，还会徒步十几里给大哥送些吃的。

大舅父是一个本本顺顺的农民，干庄稼活是一把好手。犁地种地、割麦碾场、赶碌碡打胡基、扬场翻地，没有不行的，干活踏踏实实从不偷懒，话不多，又肯出力气，在队里人缘很好。虽是富农，然而历次运动中都安然无事。大舅父就像《平凡的世界》里的孙玉厚，人很厚道，待人实在。年里节里走亲戚，我们都愿意在大舅父家吃饭，既能吃饱也能吃好。回家的时候，还会带上一些做好的菜。

大舅父只上过几天私塾，大字认识不了几个，却很讲究礼仪。轮到给学校老师管饭时，总是把家里最好的吃的拿出来，年里节里吃臊子面前，打开一盒点心，泡上一壶茶，吃些茶点。吃饭从不发出一丁点声响，更不要说大声说话了。

大舅父家孩子多，四个儿子两个女儿。自己劳累了一生，没吃过好的、穿过好的，晚年也没停过地里的活。在我的记忆里，大舅父一年四季老裹着一条大裆裤，穿着对襟黑褂子，腰里扎着一条黑腰带。随着我家条件好转，母亲常常操心给大舅父扯料子做衣服。大舅父平时常常舍不得穿，只是年节走亲戚时穿一穿。"哥，你穿你的，我给你买新的。"母亲硬是给大舅父套在身上。大舅父不干农活时就穿上，干农活时还是他那一身旧行头。每当母亲买来新衣服时，大舅父一边扯着衣服角拍打拍打，一边憨憨地笑着说："上次买的衣服还新新的，不要把钱糟蹋了。"

大舅父下了一辈子苦，65岁时身子骨就不怎么行了，他一天一天硬撑着。二姨妈患胃癌，大舅父去看了好多次。看着老姐姐痛苦的样子，大舅父偷偷落了好几次泪。大舅父开始感觉胃常常作痛，他怕花钱，一直瞒着大妗子硬拖着撑着。疼得厉害了，就悄悄到镇上医院开点药。

二姨妈的去世对大舅父打击很大。他本来就心小，放不下事，怀疑自己也得了胃癌，整天闷闷不乐一筹莫展，身子一天不如一天。

不出半年，大舅父就随着二姨妈而去了。大舅父死的时候两只眼睛睁着，任凭大妗子、小姨怎样说，怎么抚摸，仍是不肯闭眼。还是母亲懂得大舅父的心事："哥，您是不是放心不下小三（大舅父的小儿子患有癫痫）？您放心，他哥哥们会照顾他的。"大舅父果然闭实眼睛，驾鹤而去了。

大舅父就像这拐枣，虽然长得丑陋，心却很美。看着眼前的拐枣树，就想起了大舅父家里的拐枣树，想起了大舅父。

没有了大舅父大妗子，我就很少去舅家了。

我又看到了大舅父拐枣一样的脸……

｛这边风景独好｝

"南有深圳，北有引镇。"引镇人自豪地这样说。

巍巍的秦岭终南山下长安东南部有一座古镇名叫引镇，它本是后秦山北县县治所在，唐代称沙城镇，明代右卫军驻军统领姓尹，人称尹家卫，后谐音为"引驾回"。唐乾宁二年（895）昭宗为避王行瑜、李茂贞之乱曾逃至此地，当地人以讹传讹把这件事演绎成民间故事"唐朝某皇帝到终南山打猎迷路，群臣们一路慌忙寻找，在此地找到皇帝遂迎帝驾回宫"。1935 年徐海东率领红二十五军东出蓝田缴械了引驾回区公所的枪支弹药，在此召开劳苦大众大会，留下了红色足迹。引镇曾是长安第二大镇，昔日长安蓝田有名的大集市。如今的引镇是古城西安南部重要的现代化小城镇，区域内政治、经济中心，火车南站矗立街道北部，高楼林立，商贾如云，一片热闹繁荣。

这在古城西安并不足为奇，当您走进引镇稍加注意就会发现一道独特的风景线。一名高瘦的老年男子擎着脊梁提着一个四方体钢框，艰难地行走在引镇的东西南北大街上。无论冬夏，无论雨雪，无论风霜，无论节假日，一年四季三百六十五天引镇的街上总有他一步一步沉重地行走的身影，水泥路面上留下他坚实的脚印，空气里弥散着他带着泥土味的汗水。他像一座移动的雕塑，又像行走的地标，为千年古镇增添了亮丽的一笔。他的名字叫老何。

他是古镇上的一位传奇人物。他高高的个头，浓眉大眼，今年六十多岁，是小镇上最精明的人之一。改革开放后，这个结实的庄稼汉不愿意固守在一亩三分地上，挺着风险贷款买了一辆大货车，天南海北跑起了长途货运。他不仅人精明，而且肯吃苦，起鸡啼熬半夜，风里雨里严冬酷暑，一天也不歇着。几年下来小日子过得红红火火，用乡下人的话来说"天天是油泼辣子 面"，不仅还完了贷款，家里还盖上两层小楼房，成了远近闻名的万元户，引镇没有人不羡慕的。又过了几年他在镇上买了几间门面房，一家人搬到了镇上，成了小镇上的居民，货运汽车也由一辆变成了三辆，雇了几个司机，老何成了老板还是亲自跑车。

然而天有不测风云，人有旦夕祸福。20 多年前一次跑四川，在一个前不着村后不着店的地方汽车出了毛病。"应人是小，误人事大"，为了不耽误货主送货的日期，老何让其他两辆车先走，自己亲自动手在公路边修起车来。正当老何闷着头一心一意地修车时，一辆汽车发了疯似的飞驰而来，无情地从老何的腰部一碾而过。命是捡回来了，然而胸部以下全部瘫痪了。命运和老何开了一个天大的玩笑，一个走南闯北的男子汉就这样被禁锢在一张小小的床上。

肌肉一天天萎缩，痛苦一分分缠绕，绝望一秒秒侵袭，日子是那样的难过，每一天如同一个世纪一样漫长。白天有电视相伴还可以岔个心慌。晚上是最难熬的，眼睛实在睁不开，关上电视却又辗转难眠，电视开了关、关了开。望着黑乎乎的天花板，他犹如跌入深渊的一头困兽想大声吼叫嘶鸣，然而他又不能。嘴唇咬烂了鲜血四溢，拳头紧握骨头几乎碎了。他快要疯了，将要彻底崩溃了。几天几夜滴水不进。他的心冰凉冰凉的犹如三九天的河水冻得严严实实，死神在一点一点向他靠近，上帝在向他召唤。他想了却此生，唯有这样他才能得到解脱，妻儿也就得到了解脱。

他最终还是坚强地活了下来。当黑白无常带着他刚要迈上奈何桥的那一瞬间，他断然拒绝了。世界是多么美好，阳光是多么温暖。好死不如赖活着，"我不能死，我要和死神赛跑，一定要战胜死神"。为了不让肌肉萎缩，第二天他让儿子给自己焊了一副行头——四方体钢框，用胳膊努力挣扎地撑着身体下了床。站在钢框里，他用力颤颤巍巍地提起毛重40多斤的四方框，向前挪了30多厘米。然后两臂撑在两根钢棍上，两腿又奋力向前跳了二三十厘米，走出了他车祸后的第一步。这一瞬间他漆黑的心里燃起了一团火，心里亮堂了许多，生命的激情再次被点燃，心潮似解冻的春水开始活泛。他流下了激动的泪水——车祸以后他眼泪早流干了，眼角露出了一点久违的微笑，闪烁着一丝闪电般的光芒，绽放出自信的小花蕾。妻子也一扫连月不开的阴郁，儿女们也喜上眉梢，个个头上一片光明。

从此他每天提着钢框行走在街上，成为引镇一景。冬天朔风呼啸甚或大雪纷纷，三九天冻破砖，离山十里阴，引镇更冷，他全副武装一天也不落。夏天高温难耐，三伏天的西安似火炉，胜过了新疆火焰山，汗水湿透了他的背心，他仍然坚持行走在街上。

这一走就是20多年，谁也记不清他走过了多少里路，谁也说不出他磨破了多少双鞋，谁也道不明他留下了多少滴汗。过往行人、来往商旅无不好奇，得知他的情况以后无不驻足礼赞，就连过往的车辆看到他远远就停下来，有的司机竟鸣笛致敬。他的事迹被各大媒体报道，他成了新闻达人，成了网红，成为引镇的名片和引镇人精神的标志。

佛争一炉香，人活一口气。正是靠着自强不息、与命运抗争这口气，老何越活越年轻，今后引镇再也不会因皇帝而自豪了，老何才是引镇人的精神"皇帝"。

老何又走在引镇东街上，落日把他的影子拉得很长很长，像西方印象派的一幅杰作，是那样的壮美。顷刻间停止在大地上，定格在时光的年轮上……

岁月苍苍，时光悠悠，青龙岭太师洞张公馆依旧，闻仲和张学良人已远去。也许他们的魂魄附着在青龙岭的一草一木上，也许潜在太师洞和张公馆的一砖一瓦上。

{灵台随想}

立春一个星期了，太阳绽开灿烂的微笑，微拂的风里泛着淡淡的春天的味道。站在沣河西岸平等寺前的高地上，东边不远处沣水汤汤奔向渭水，从西周一直流到今天。放眼西望，依稀不远处就是海子村，仿佛看到一片沼泽。举目远眺终南山格外清晰，如同史前巨人从商代矗立到了现在。向北穿过十几个村庄，二十几里开外就是西周的镐京。冥冥之中一位神灵向我走来，一种神圣感顷刻间包裹了我，脚下这片圣土相传就是周文王所建的灵台。

灵台传说是用来观天象占卜的高台。远古时代先民们通过观察星辰位置和亮度变化预测来年的收成、国家民族未来的吉凶。遇到重大事情，人们无法决断，就会在灵台设坛占卜，祈求上天明示，

依天意而行之。周人的先天八卦就是这样来的，文王被囚羑里又推演出后天八卦，形成了后来的八八六十四卦。

随口吟诵着《诗经·大雅·灵台》"经始灵台，经之营之。庶民攻之，不日成之。经始勿亟，庶民子来"的诗句，我仿佛穿越到了西周，看到慈祥的西伯侯姬昌率领一群子民，敞开衣襟正在修筑灵台，先民们太阳般的激情，那热火朝天的场面感染着我。我顿时浑身发热，充满了一种莫名力量，竟然情不自禁地也加入到了他们的行列。

古老的沣河冲出秦岭峡谷，一路呼喊着奔涌而下，勇往直前流向一望无际的渭河平原，滋养着两岸的无数草木、成群动物和大片土地。这里水草丰茂，土地肥沃，野兽茁壮，简直就是周族的乐园。周文王的部下发现了这块地方，急急忙忙把这一惊喜报告给了他。文王大喜，亲自到沣水畔考察，举棋不定时又打卦问天，占卜吉祥，得到上天的启示，文王应天顺民决定营建丰京。

沣京建成以后，文王带领部族从岐山浩浩荡荡迁来沣水西岸。靠着秦岭的护佑，依着沣水的滋养，发展农业畜牧业，粮仓殷实，国富兵强，西周国力大振。文王复仇先消灭了崇国，继而不断振兴基业，为儿子姬发灭商奠定了雄厚的基础。文王仁政，民多来附，王与民同乐。相传文王在灵囿游赏，雅乐悠悠，鹿肥鸟白闲适安逸。有诗句为证："王在灵囿，麀鹿攸伏。麀鹿濯濯，白鸟翯翯。"文王和臣民一起又到灵沼巡游。灵沼一塘荷叶，一池莲花，白鹭时而在空中飞翔，时而轻落莲枝。文王和臣民又是采莲，又是捕鱼，一派欢乐祥和的景象。灵沼落满了周人爽朗的笑声，至今在海子村都可以随手捡起一串串，那古老的歌声"王在灵沼，于牣鱼跃"仍在耳畔回荡。

武王后来振臂一呼，联合诸侯一举消灭殷纣。相传武王聚集起人马整装待发时，也曾虔诚庄重地在灵台摇卦乞求上苍明示。在得到苍天启示后，他意气风发地带领周兵和各路诸侯人马所向披靡，一路得胜奔向朝歌。牧野一战，奴隶临阵倒戈，商汤几百年基业毁于一旦。

站在文王灵台向东极目远望，我隐隐约约地看到了太行山麓安阳商代的鹿台。相传鹿台占地三里，台高七千尺，工程非常浩大，纣建鹿台七年而就。史书记载纣王"厚赋税以实鹿台之钱"，耗费大量人力物力。鹿台建成之后，纣王荒淫挥霍，百姓苦不堪言，诸侯怨声载道，最后众叛亲离。当周武王率领诸侯攻进殷都后，绝望的独夫纣王一个人登上鹿台自焚而亡，和鹿台一起淹没在时光的记忆里，永远定格在历史的耻辱柱上，警示着后世一代一代帝王。

纣王万万没有想到鹿台就是他的葬身之地。绝望中的他瞅着鹿台宝贵的财富，抚摸着鹿台奢华的建筑，那一刻纣王的心情多么的复杂。他犹如一头困兽、一个发疯的魔鬼，带着无限的眷恋、懊悔、不甘和绝望，最后一把大火点燃鹿台。他要和鹿台同归于尽，他要在鹿台度过另一个世界的一生。

平等寺的木鱼响起，僧人们在上殿，佛音袅袅，诵经声在灵台上空泛着涟漪，晕圈越来越大。文王祠的风铃轻轻摇曳，那清脆的铃声穿越回到西周初年。文王可曾听到那风铃声，可曾想到后人们为他修建了祠堂？雁过留声，人过留名。上至帝王下到庶民五千年历史真正留名的有几人？——或留盛名或留骂名，或留美名或留恶名，真正让百姓世代祭奠传颂的又有几人？

此时西边天晴得格外的净，没有一丝尘土，阳光灿烂，东边却涌起了一团乌云。西边红日东边云，历史无情也有情。灵台让人们不忘文王，鹿台让人们想到了纣王。这就是历史。

历史不仅记住了成功者，也记住了失败者，只是记住的原因和方式不同罢了。

{青龙岭太师洞与张学良闻仲}

一处土丘、一处土洞，却将历史上相隔三千年的两个人物联系在一起。两个人物的命运又有诸多相似，不得不说有点神奇。

长安城"南三曲"之一的王曲的青龙岭和太师洞，相传为商纣闻太师魂归之处。20世纪30年代少帅张学良曾经驻兵青龙岭，建有德式办公住房，民间称张公馆。张学良为何把公馆建在此处不得而知。

明代神话章回小说《封神演义》第五十二回"绝龙岭闻仲归天"，写到闻太师魂归绝龙岭，死于云中子奉敕所炼通天神火柱。人们念及闻太师忠勤王事，哀其凛烈，在绝龙岭下挖成窑洞，修建太师洞，四时每每祭祀。

历史上是否确有闻仲其人其事，我没有研究过，不敢妄加推断，更不敢信口开河。明代许仲琳的《封神演义》对于闻仲这个人物形象的描写很丰满，几乎家喻户晓，其忠心贞烈高洁为世人称道。虽说是闻仲助纣为虐，但是民间对闻仲推崇有加，他的故事全国各地广为流传，在乡村更为广泛，代代口口相传，不识文墨的乡野村夫，谁都能说上一大堆，诌上老半天。

中华文明五千年，目前史学界公认有确切纪年是公元前1043年的西周时代。关于殷商文献记载很少，实物就更少了。从仅有的很少的甲骨爻辞中是没有找到关于闻仲其人的记载的，更不要说其事了。那么民间为什么有那么多传说？这与明代开国皇帝朱元璋重视忠孝是分不开的。闻仲之忠可谓至忠至诚，甚或有些愚忠。

虽说没有文献记载，更无文物佐证，但长安王曲地区民间关于青龙岭和太师洞的传说却不少，祖祖辈辈津津乐道，不无自豪。我总是不大相信。不久前去了趟西周三灵遗址，对青龙岭和太师洞在王曲有了一些认识。周文王于周初营建三灵，《诗经》上是有记载的，周武王在灵台起誓起兵伐纣，大军浩浩荡荡东进奔赴殷都安阳，牧野一战一举灭商。由此推测闻太师讨伐西岐命丧王曲绝龙岭还是有一定的可信度。

多次途经王曲北堡寨欲往太师洞看个究竟，怎奈总是过也匆匆往也匆匆。好不容易挤时间去了一趟，却被一把铁将军无情地挡在了门外，又无奈失落而去。凡事可遇不可求，一切皆在机缘，再说好事多磨。

夏忙之前一个周日加班后，连日累周的劳累心中不免有几丝焦虑，有几分烦躁。到王曲太师洞转转，一来看古迹，二来放松放松。说走就走。不过这次不能贸然前往，电话让朋友约好。

驱车来到臧家庄青龙岭时，身着黄色银光保洁服的大嫂已等在斑驳的大铁门前。大嫂开门带我们进入，北面一座半新不旧的欧式白墙青砖建筑寂寞地横着，那是上世纪全国旅游热时，当地有识之士在岭上重建的张公馆。疯长的杂草已盖过了人工绿化带，青砖小道上野草自由自在地生长。热心的大嫂为我们当起免费导游。这土丘原名绝龙岭，"九一八"事变后，以张学良为首的东北军调入关中，于1935年10月驻扎在西安城南约17公里处的长安区王曲镇绝龙岭附近。土丘原本是神禾原余脉，形似一条苍龙潜在原畔，近依滈水，南望终南山，北视长安城。有龙则灵。于是张将军亲自到王曲城隍庙东南约一公里的绝龙岭勘测，修建了一座欧式住所。张将军堪称人中龙，龙岂能遇绝。因忌讳"绝"字，见岭上草木繁盛郁郁葱葱，遂改名青龙岭。这一字之改，寓意美好多了，但却并未改变他自己的悲剧命运。不知后来旅居美国的张将军是否还记得这处公馆？今在异国天堂的张将军是否记着自己为绝龙岭改名之事？

跟着大嫂，踩着草中的小路下到太师洞。虽然已看不到《封神演义》里所描绘的"巍巍峻岭，崒嵂峰峦。溪深涧陡，石梁桥天生险恶；壁峭崖悬，虎头石长就雄威。奇松怪柏若龙蟠，碧落丹枫如翠盖。云迷雾障，山巅直透九重霄；瀑布奔流，潺湲一泻千百里"的景象。但是崖畔沟底各种树木杂生，错落有致，和谐相生。各种杂草随意率性生长，有的开着紫花，有的开着白花，有的开着黄花，把这沟底装扮得色彩斑斓。松鼠、野兔、獾在草地上悠闲地踱着步，喜鹊、麻雀、黄莺在树林里跳舞唱歌。沿着依稀可见的小路，踩着小草来到沟底北边一排窑洞，洞门的门板油漆斑驳，门锁也已锈迹斑斑。崖畔有一简易的水泥洞，顶上粗糙的"太师洞"三个字还可分辨出来，看来平时是人迹罕至。洞口放着一只破烂的纸糊龙头，孤零零的，几堆香灰不知搁了多久，看来还是有人来祭拜的，闻太师在天之灵得知定会欣慰不已。

闻仲贵为殷商帝胄，原本镇守边关，只因纣王无道天下诸侯纷纷举旗造反，闻仲回朝整治朝纲，之后遂领兵讨伐西岐。怎奈商纣"失道者寡助"，气数已尽大势已去，即使闻仲再强大，但是仅凭一己之力也回天乏术，最终以失败而告终。恰恰正是这失败成就了闻仲的忠烈之名，为后世敬仰。张学良早年东北易帜，结束了军阀混战的局面，成就国民党统治的统一。东北沦陷却让他背负不抵抗之恶名，驻兵青龙岭之后临潼兵谏拯救了危难之中的中华民族，个人几乎终生处于监禁。在西方，苏格拉底为了法治和民主被毒死，布鲁诺为捍卫哥白尼的日心说被宗教裁判所烧死在罗马广场。成功可以成名，失败也可以成名。成功是轰轰烈烈之名，失败则是惨烈之名。历史从不以成败论英雄，论的是是非，论的是道义。这才是历史亘古不变的规律。闻仲、张学良、苏格拉底、哥白尼均以个人悲剧成就了自己在历史上的英名，悲哉、壮哉。

岁月苍苍，时光悠悠，青龙岭太师洞张公馆依旧，闻仲和张学良人已远去。也许他们的魂魄附着在青龙岭的一草一木上，也许潜在太师洞和张公馆的一砖一瓦上。

站在青龙岭遥望巍巍终南山，聆听滔滔滴水，东方哲人的"逝者如斯夫"在耳畔回响，西方先知的"哪一条路更好，唯有神知道"在头顶飘荡。

看，闻仲走来了，张学良也走来了；苏格拉底走来了，布鲁诺也走来了。

让我们一起听听他们之间这一场旷世绝伦的世界性的对话……

{仓颉造字台}

一座周长一百多米、高六米的夯土台，四周青砖紧紧地箍着，被孤独地锁在一扇冰冷的大铁门后。院内死一般的寂静，看不到人迹，听不到人语，连空气都是凝滞的。冬冷寒天，两边柏枝依然青青，那可怜干瘪的绿色让人略略感受到了生命的存在，柏枝微弱的呼吸让人感知到活着的气息。如果不是"仓颉造字台"几个僵硬的水泥大字，谁会知道这个土堆？谁又会把它和汉字联系在一起？

轩辕造车、仓颉造字，乃中华文明之肇始。

有民谣云："仓颉造字一石粟，孔夫子认得九斗七，丢下三升无处用，撒在边疆教彝民。"

文字的出现结束了人类结绳记事的历史，开启了一个文明时代。

文字标志着文明，文字承载着文化，文字传承着思想。

说到中国文字不能不提到仓颉。相传仓颉为黄帝时代的史官，生于今陕西白水，自幼聪明好学，善于观察花鸟等动植物，喜欢用树枝临摹。成年后，受兽蹄鸟迹启发创造了最早的象形文字。黄帝统一了中原各部落以后，命仓颉收集整理民间记录事物的符号，也就是最早的文字。仓颉一行游历到古长安，在此搭棚而居，悉心整理收集到的所谓的"文字"。仓颉把收集到的字符在土堆上一遍一遍地描画，一遍一遍地书写，一遍一遍地修改，经过反复琢磨、不断完善，最终形成了最早的一批文字。写了盖，盖了写，夯土覆盖了一层又一层，越堆越高，最后竟堆成了一个巨大的土堆，后世为纪念此事，将土台命名为造字台。

站在铁门外，我竟不敢相信自己的眼睛，竟不敢相信这就是传说中的仓颉造字台。在一个文明的国度里，仓颉造字台如今却被圈在西安市警犬基地院内，寂寞萧索地横卧在那里，竟然无人问津。字圣被冷落了也就不说了，竟然日夜与犬为伴，不知是如今犬高贵了，还是字圣不值一文？悲哉！痛哉！

看到这一景象的那一刻，我的眼泪涌满了眼眶，心一下子碎成了十万八千块，鲜血汩汩直流。仿佛我就是始作俑者，我就是千夫所指的罪人。我羞愧地低下了一向高昂的头颅，极尽力气搜寻着老鼠洞或者蚂蚁穴，恨不得一下子钻进去。

看门的妇女抄着手在门前对面和几个人聊得火热，和这季节、和仓颉造字台竟然是两重天，我的心更冷了，似乎跌进了冰窖。看见我们姗姗来迟，刚才还阳光明媚的脸，顷刻间拉下了黑色帘子，一脸的不高兴。生硬地问道："干什么的？"好在有支书老杨做向导，我们才有幸进入。

站在仓颉造字台前，已是午后时分。冬日暖阳懒懒地斜照在仓颉造字台上，仓颉造字台几个水泥大字有了些许暖意。两边密集的刺柏、雪松和棕榈有些杂乱，枝叶蜷缩得紧紧的有些毛躁。松柏掩映下的石碑上字迹尽管有些模糊，但是努力细看碑文还是可以辨认的。这石碑是2004年新立的。遗憾的是清代陕西巡抚毕沅亲书的"仓颉造字台"碑石在"四清"运动中被推倒砸烂了，如今已不知碾碎了还是和哪些垃圾污物埋在一起?！当年康有为来西京长安讲学曾亲自到仓颉造字台考察，西安事变前蒋介石在陕西省政府主席邵力子的陪同下，到仓颉造字台视察。据说蒋公曾想在此创办一所国立仓颉大学以弘扬中国文字，遗憾的是未能成行。康公的身影历历在目，蒋公的足迹依稀可见。两公地下有知，定会大骂我们这些不肖子孙。我隐隐约约看到了他们的怒目，清清楚楚听到了他们的哀叹，明明白白察觉到他们的无奈。负罪感压满了我的胸膛，让我胸闷憋屈。

踩着青砖台阶徐徐而上，我悲怆地大声喊着："仓老先生我来了！"激动得仿佛找到了失散多年的亲人。一旁老杨先是一愣，然后奇怪地看了我几眼，满脸全是疑惑和不解。

站在六米多高的造字台上，仰望着史前时代深邃的天空，那久违的远古的蓝色充满了神秘，几片白云悠悠飘过。旁边就是仓颉居住的茅棚，仓颉正和随从们用树枝在土台上一笔一画地描摹着，有日月山水，有草木走兽，有花鸟虫鱼，一层土上密密麻麻地写满了画完了，我急急忙忙挽起袖子帮着他们又铺上另一层土。看着他老人家潜心揣摩字形，我大气不敢出，生怕影响他的思绪。那一个个有些笨拙丑陋的汉字，是那样的亲切，是那样的温暖。在造字台西侧面的供人观赏的窗口，脸贴着冰冷的玻璃，我闻到了一股暖暖的浓浓的万年的味道，有醇厚的泥土味，有黏黏的汗水味，更有清香的汉字味。仓颉太了不起了，我们的祖先太伟大了，我为他们而自豪，为他们而骄傲。

驻足仓颉造字台，南面和东面是长里村村民五六层的民房，错落不齐，甚是压抑。西面绿树杂乱丛生，不远处相传是周穆王的陵墓。北面近处是一排警犬房，不知是天冷还是什么原因竟然看不到警犬的影子，也听不到犬吠声。稍远处满目枯黄的草木泫地相传是汉代的镜昆湖，可惜早已干涸，如果不是老杨介绍我断然是不会相信的。远处高楼林立、现代时尚的是西安高新技术产业开发区，阳光里更加高大上。高新区车流如织，城中村商贩熙熙攘攘，百米之遥的仓颉造字台却如此萧索，一股悲凉油然而生。我的心比严冬的天气还冷，赶紧系紧了纽扣，走下造字台。

回头的那一刻，我看到字圣忧郁的眼神和伤心的泪珠，听到了他无奈的哀叹和低声的哭泣。太阳不忍看到这一幕，用一片云挡住了眼睛，空气只好违心地闭起了双目，周围的树木也伤心地低下了头。

岑参的《题三会寺仓颉造书台》忽然浮现在脑海，"野寺荒台晚，寒天古木悲。空阶有鸟迹，犹似造书时"。看来我比岑参更不幸……

我毅然决然地走了，留下造字台依然孤独地横卧着，字圣的哀叹依然在天空回荡……

｛天坛上空的云朵｝

很早就听说北京有五坛八庙。所谓五坛，紫禁城东的日坛、城西的月坛、城北的地坛、城南的天坛和先农坛。

五坛之中认识最早的是地坛，源于作家史铁生的散文《我与地坛》。史铁生是我最崇敬的作家之一，他是作家中"坚持了文学高度和难度的人"，身体的残疾使他成为"作家中的思想家和哲学家"。每每去北京，很想去地坛和天坛转转，一来游览游览，更重要的是去看看史铁生。遗憾的是次次未能如愿，一直以来成为我的一个心结。最近的一次北京之行，我有幸专程到地坛，凭吊过史铁生，把地坛的角角落落转了遍，和史铁生进行了一次灵魂交流，并且带回来一小撮有着史铁生体温的泥土。回来把地坛的土放到花盆里，让

史铁生的灵魂一直陪伴着我。怎奈来也匆匆、去也匆匆，时间很紧，天坛之行未能成行。又一次与天坛失之交臂。

知道西安天坛才是前些年的事。十几年前从媒体上获知，文物专家在陕西师大附近发现了西安天坛。据说西安天坛建于隋而成于唐，比北京天坛早将近一千年。北京天坛与之相比，不仅是"小巫见大巫"，简直可以说是"小巫见老巫"了。

经过文物专家十几年的发掘和修复，西安天坛得以重见天日。去年市政府决定建设西安天坛公园，今年春节如期建成开放。近水楼台先得月。大唐京畿的子民不去瞻拜隋唐天坛，不仅对不起祖宗，而且可以说是枉为西安人了。春节之后的一个周末，我挤时间急急忙忙去了趟西安天坛，一睹这位千年老者的尊容。

天坛是祭祀天神的祭坛。祭天又称祀天、郊天，也就是祭祀天神昊天大帝。据说西周时代人们就开始祭祀天神，周公制礼之后就把它固定下来，成为五礼之一吉礼中的一项重大礼仪，也是历朝历代帝王最重视的祭祀仪式。

中国人的天神信仰可追溯到远古时代，盘古氏开天辟地和女娲氏炼就五色石补天的神话故事流传至今。人决定不了的事，就问卜于天，由天神而断，甲骨文中就有这样的记载。今天人口头常说"人在做天在看""举头三尺有神明"，人发誓赌咒时常常手指着天，或者对着天，口里还说着"天在上地在下……"。从前那些神汉巫婆，假装天神下凡，口里念念有词"天灵灵地灵灵……"。至今乡间家里厨房供奉的灶神旁还有这样的对联："上天言好事，回宫降吉祥。"读书人家堂屋里还会供奉这样一个牌位，上写"天地君亲师"。在国人的眼里天最大,必须要敬畏天神。人不可欺天,否则将会受到上天的惩罚。在古代说某人罪大恶极,往往就说他罪可欺天。

西安地坛面南背北。四层黄素土夯筑成圆丘,最底层直径54米,最高层直径20米,各层高1.5米至2.3米不等,整个天坛高达8米。正午的阳光肆意泼洒在天坛之上,天坛通体透亮熠熠生辉,黄土更加厚重沧桑,让人一下子回到了盛唐。天坛十二个面各有一个陛级,对应着十二地支,分别是子陛、丑陛、寅陛……其中正南午陛也称御陛,是皇帝登坛祭祀天神的专用通道,自然要比其他十一个陛级宽一些,这样方显帝王的至高无上。西安天坛历经隋唐两朝历时三百多年,是皇家祭祀天神的重要场所,据说隋文帝杨坚、隋炀帝杨广、唐太宗李世民、唐高宗李治、一代女皇武则天、唐玄宗李隆基等多位皇帝都曾在此祭祀过天神。

天坛也称寰丘。人常说天圆地方。古人认为天是圆形的,地是方形的。因而祭祀天神的天坛也应该是圆的。民间常说某人"不知天高地厚",古人认为天是最高的、地是最厚的,故天坛也应该是最高,这样才能更接近天。相传西周的灵台就建在镐京的南面高地上,隋唐沿袭周制,天坛也就建在长安城南明德门外东边的高地上。按照阴阳五行学说,南为阳北为阴,也就是说南方离天距离最近。神话传说天的门就开在南方,好多名山在南边最高山峰修一石门取名南天门,似乎无一例外。

站在西安天坛前,敬畏之情油然而生。瞬间庄重笼罩着我的躯体,顷刻凝重的仪式感充满了我的神经和血液。我自己仿佛就是唐太宗驾前的一名宠臣,正荣幸地和太宗皇帝一起祭祀天神。那是贞观年间一个冬至日，天气格外晴朗，白云悠闲地踱着步，刚刚洗过温泉浴的太阳游走在每一座宫殿、七十二坊，整个长安城暖暖的。斋戒之后，太宗皇帝乘龙辇出宫，来到明德门东的天坛。宫人们早已摆好祭台，献上祭品。太宗皇帝缓缓登上御陛，待皇帝登上天坛顶，群臣也开始沿着十一个陛级趋步而上。太宗献上玉帛，再进熟、馈食，祷告天神，众人跟着太宗皇帝行三拜九叩大礼。礼成，太宗皇帝仰望南面雄伟的终南山，俯首北面的长安城，低头看着天坛之下的臣民们，嘴角露出了一缕自豪的笑容。天坛之下，一片欢呼，长安城上空一片祥瑞。

天坛的西南角，一位美术系的老教授正教一群大小不一的孩子观察天坛画素描。孩子们坐的坐、站的站、蹲的蹲。老教授又是讲，又是比画，又是拿起笔做示范。孩子们一会儿如同一群燕子叽叽喳喳，一会儿犹如麻雀嘻嘻哈哈，一会儿像一群猴子打打闹闹。与这庄重的天坛极不相宜。也不能怪孩子们，现在的孩子对我们传统文化知之太少了。

四周高楼林立，把天坛死死箍在中间。东南一座高层正在施工，虽然用绿色网包裹着，仍然不时传来刺耳的铁器撞击声和喧嚣声。西南一高大时尚的楼盘引人注目，楼前热闹非凡。北面是冷清破旧的棚户区，院中光秃秃的桐树瘦骨嶙峋。西面陕西师大老家属楼有点沧桑。四周建筑物与之很不相称，天坛有点孤寂。

虽然正月未完，但是天坛公园游人并不多。一对老年教授夫妇，坐在西边的石凳上，一边晒着太阳，一边讲说着天坛发现的经过。这对老人是陕西师大历史系教授，如今已退休。据老人讲，学校老校区家属院后墙外，有一个荒芜的大土堆。上世纪90年代末学校搞基建，挖出了不少文物，老教授就去翻阅新旧唐书等资料，不经意间就发现了关于隋唐祭祀天神的记载，顺藤摸瓜找到了天坛，文物专家进行了保护性修复，西安天坛重见天日。说话的过程中老教授眉宇间流淌着一股自豪、一种骄傲。眼看着日光近午，人们大多离去，老教授夫妇仍无去意，满脸微笑默默地陪伴着天坛。

我离开天坛公园时，一朵白云从天坛上空飘过。那是唐代的云朵，一千多年来，只有那云朵经常来陪伴天坛。

{长安道情}

"高小姐红了粉脸，走上前忙扯衣衫……"

这清脆柔和的唱腔如同一缕薄霭在魏家岭袅袅升起，仿佛沙漠中的一抹绿色为干枯的初春山村带来了一丝春天的气息。这长安道情和暖暖阳光一起驱走了我身上的春寒，仿佛看到色彩鲜艳的春花。

去年初春，在秦岭终南山北麓著名道教名山铁顶太兴山下的长安区杨庄街道魏家岭村，我听到了一段原汁原味、土得掉了渣的长安道情。这是 79 岁的魏自美老人演唱的长安道情戏《高老庄》里高小姐的唱段。

若不是亲眼看见、亲耳听到，我绝不会相信在秦地会有如此婉转缠绵的唱腔，打死也不会相信吴侬软语般的唱腔出自其貌不扬的山乡老汉之口。老人个头不高，衣着土里土气，满脸胡子拉碴的，几天都没有刮过。虽年岁已大，但闺门旦唱得蛾眉婉转，颇有点红线女的味道，吐字清脆如黄鹂高歌，拖腔轻柔如水漫心间，韵味悠长如春风回荡，很是耐听受听。

道情原本是关中地区的一种古老民间说唱小戏。虽说不像秦腔那样源远流长，却也历史悠久，也算戏曲家族中的老者了，可以说是戏曲历史博物馆中的一朵奇葩。道情最初是由长安地区道教徒诵经音乐发展而来，道教信众以道教的传说和故事为题材，通过唱词诵经讲述道教故事，宣讲道教教义和教理，教化信徒道众百姓，顾名思义曰道情。天下名山，十僧九道，终南山又是道教发源地，也是道家修行福地。终南山有诸多传说中的八仙修道遗迹和羽化成仙的故事。道观林立，庙宇众多，道教信众广泛，道教文化浓厚。因而道情在长安周边广大农村山野乡间流传很广，东至华阴西到周至，向北远到蒲城、兴平。不管怎样，道情始终围绕着长安发展，因而叫长安道情。

说起道情大有来头。"一经二词三道情"，高度概括了道情发展过程。翻开厚厚的中国音乐史，长安道情最早可追溯到中唐时期。中唐的俗讲变文演唱可以说是道情这一戏剧最早的雏形。韩愈就是一位忠实的道教徒，其侄韩湘子更是八仙之一。韩老夫子的《华山女》诗载"华山女儿家奉道……遂来升座演真诀……观中人满坐观外，后至无地无由听"。当时女道士俗讲变文演唱场面十分壮观，听众人山人海，人们为了能听到女道士说唱，不惜"抽簪脱钏解环佩，堆金叠玉光青荧"。京都长安城里的豪门子弟达官贵人"结交常与道情深，日日随它出又沉"（吕岩《七言》）。宋元以后道士流落民间，道情也走出道观发展成为一种民间小戏，走进村巷，走进市井，走进百姓的生活之中。哪里有道观，哪里就有道情表演；哪里农村过会，哪里就有道情艺人的身影；哪里有人家老人贺寿或过三年，哪里就有唱道情的。

道情最初的演出形式以"登山行唱"和"围桌坐唱"为主。每每道观里过庙会，十里八乡的道众们浩浩荡荡登山朝会，道情艺人们在信众的簇拥下，一路边走边说唱，热闹非凡。到了道观，道士忙着举行法事活动，又是拜斗，又是消灾，又是念经。信众们烧香的烧香，问卦的问卦，看热闹的看热闹。道情艺人们则在院子里围桌唱起道情。唱罢《八仙上寿》，又唱《高老庄》《目连救母》《封神演义》《火焰山》……一折接着一折，越唱兴越酣，常常是通宵达旦"唱此不疲"。道情进入市井后，道情艺人为了吸引更多的观众，借鉴皮影等形式，随之就出现了道情皮影和道情"广场踏席"的化装演出等形式。道情正式成为民间小戏。道情戏最初以羽化仙道类、神化故事类为主，后来也增加了少量的历史题材类剧目，清末民初又产生了一批民间生活故事戏如《郭大佬办小》等。

道情和秦腔一样，有唱腔，有念白。唱腔的曲牌虽没有秦腔曲牌那样复杂，不像秦腔有几百套弦乐曲牌和管乐曲牌，但和秦腔曲牌有一个共同特点，就是有的曲牌是由唐宋词调和唐宋大曲衍变而来的，还有昆曲和明清小曲。道情中的词牌音乐如《浪淘沙》《皂罗袍》等，不少与南词、北曲同名。从板式上讲，道情不像秦腔有慢板、二六板、二导板、带板、垫板、滚板等六种板式，而是有慢板、二六板、飞板、串板、说道情五种。如果把秦腔比作关中男人，那么眉户和长安道情就是关中女人；如果说秦腔以雄浑高亢为主，那么长安道情则清丽婉约；如果说秦腔是苏东坡般的"大江东去浪淘尽"，那么道情就是柳永的"杨柳岸晓风残月"。

据老人说，清末民初，西安周围活跃着几十家道情班子。新中国成立前，长安、临潼、周至等地还有十几个道情社，不仅演出一些人物少的小剧，还能演出人物众多的大剧目。上世纪50年代，长安剧团先后将《槐荫媒》《四岔捎书》《隔门贤》等搬上舞台，和地方大戏秦腔一样登台演出，为国庆十周年献礼，在省城西安公演，连唱不衰，古城刮起了一场道情旋风。随着改革开放，老戏解禁，道情和其他民间戏曲一样像雨后的春笋，又再次繁荣了起来，民间班社如春天的草木欣欣向荣。谁能料想，如今现代音乐艺术让长安道情和秦腔传统戏曲再次陷入窘境。长安剧团扛起了挽救长安道情的重任，一路跌跌撞撞，先后编演了长安道情现代戏《江姐》和《祥云谷》，并在省艺术节获奖。然而这一切并没有改变长安道情这一小戏的惨淡命运。长安周围的仅有的几个道情班子也在备尝艰难后相继散伙了，道情几乎销声匿迹。

说话的时候，老人气息有点不足，不断地摇头、叹气，目光暗淡，眼睛里满是悲哀，一脸的无奈。我的心情也沉重起来了。猛抬头，一片阴云从山顶飘来，山村瞬间暗了下来。我连忙岔开话题。

我问起魏家岭道情社有多少剧目，老人的话匣子打开了。

"最多的时候有40多个戏，现在还保留着20多个手抄剧本。"

"那么多?! 您能记住吗?"

老人如数家珍娓娓道来："《封神演义》《火焰山》《修贞庵》《寡妇验田》《夺魁夸官》《高老庄》《八仙上寿》《走雪》……"一口气说出了七八个剧目。

"哎，老了，记性不行了。"老人一边挠头，一边微笑着，有点不好意思。

"您还能唱多少？"

"唱不了多少了。"老人有点扭捏。

"您给我们唱上几句。"

"那爷宝害咱公媳苦，说什么儿媳论什么行……"黄表刚烧上，神就下来了。老人不仅唱，而且比画着儿媳背公公的动作，一下子精神头也上来了，仿佛年轻了几岁，眼睛犹如刚接上断钨丝的白炽灯泡，猛然豁亮得多了，瞳孔周围也润活多了，像添满油的灯，油汪汪的。我暗暗佩服，只有初小文化的老人有如此惊人的记忆力。

讲起前几年在引镇演出的情景，老人更兴奋了，又是说又是唱，手舞之，足蹈之，眉也飞，色也舞，一脸掩饰不住的喜悦。

"不演出了，你们现在还排练吗？"

瞬间，老人像触了电一样，脸立即僵硬了，眼睛也呆板了，"虽说是魏家岭道情已作为市非物质文化遗产被保护起来，但是村里没有年轻人愿意学，加上现有的成员也弄不到一起……"老人吞吞吐吐闪烁其词。看来老人有点难言之隐，我就不再问了。

默默地看着眼前的笛子、板胡、二胡，静静地抚摸着渔鼓、简板、三才板、碰钟，轻轻翻着泛黄的手抄剧本……我的心一阵阵酸楚。

　　我怀着沉重的心情走出了老人的家。太阳已爬到了西山顶，路边崖畔上一树迎春花在夕阳中竞相开放。

　　道情会有春天吗？也许不会，也许会。

｛长安向东，罗马向西｝

长安向东，罗马向西。

在世界的东方有一座古老的城市叫长安，这座城市有三千多年的历史了。它的名字曾经叫丰镐，是周秦汉唐等十三个王朝的国都。六百多年前大明王朝为安定西北把它改名为西安，但是马可·波罗的后人们仍习惯叫它长安。

在世界的西方地中海东岸也有一座古老的城市叫罗马，这座城市也将近三千年了，它是古罗马帝国的都城。如今是意大利的首都，人们常常说"条条道路通罗马"就说的是这座城市。

在东方，伏羲女娲兄妹按照上天的旨意结为夫妻。在西方，亚当夏娃按照上帝耶和华的命令结为夫妻。在东方天塌地陷之后，女

143

娲在长安附近的骊山炼就五色石补天。远古时代发生了滔天洪水，人们被淹死，伏羲女娲受到上天的庇护躲过洪灾幸存下了来，女娲抟土造人，黑头发黄皮肤的东方人的血脉才得以延续。在西方，人类诞生之初上帝为了惩罚恶人制造洪水，恶人被溺亡，上帝让诺亚造方舟，用方舟渡家人和动物，繁衍出蓝眼睛白皮肤的西方人和动物们的子孙。在大唐有玄奘"江流儿"的传说，在罗马有双生子罗慕路斯和雷穆斯被放在摇篮顺台伯河漂流的传说，这两个传说同工异曲，故事内容是何其相似，难道这不是人类共同心声的反映和写照吗？

长安，长治久安。这里是丝绸之路的起点，张骞在未央宫里领了汉武帝的使命，手持汉节从这里出发凿通了西域，第一次把长安和罗马东西两座城市连接在一起；丝绸、茶叶、瓷器、铁器、珠宝等物品从这里装上驼背，一路伴着驼铃声走进了马可·波罗的祖先们的家园。这里是周礼和《道德经》的发源地，周公、老子、孔子从这里一路"西行"翻山越岭、漂洋过海来到了罗马。这里是汉赋、唐诗、中国书法、水墨画的故乡，它们随着丝路商旅"遨游"到罗马。这里是造纸、印刷、火药、指南针的发明地，他们被河西走廊的风一直吹到了罗马。这里不仅生活着黑发黄肤的华夏后裔，还有深目高鼻的西域胡人也在西市里云集交易，至今我们还能闻到他们的气息，听到他们的心跳，随手都能捡到他们声音的碎片。

罗马，古罗马史上的英雄罗慕路斯建立起来的城市，这里继承了古希腊文明的火种，西方文明从这里走向了世界。这里是丝绸之路的终点。罗马皇帝的使臣从这里出发，带着象牙、犀角、玳瑁来到大汉，宝石、香料、药材、玻璃、水晶浸着波斯商人的汗水出现在大汉武帝的未央宫和大周则天女皇的大明宫，摆在商贾如织的大唐东市和西市。教皇的圣谕从这里传到每一个信仰基督的国度。这里是油画、歌剧的故乡，这里是交响乐的发源地，这里拥有众多举世瞩目的世界文明遗址。苏格拉底、柏拉图、亚里士多德、耶和华、耶稣等西方哲人和先知随着地中海带着腥味的欧风，从这里沿着丝绸之路一路"东行"来到富庶的长安。丝路上至今还能找到甘英们的脚印，他随从的一群人里就有我的祖先，我一眼就能认出他的身影。

一条神奇的商路把这两座城市联系在一起。长安—罗马，简直就是人间的天堂，商旅们只记着长安向东，罗马向西，那是他们此生梦寐以求的地方、老几辈人的夙愿。于是罗马就有了意大利面、比萨饼，长安出现了饦饦馍、胡辣汤。陆上丝路把俄底修斯与海岛巨人的史诗神话变成唐传奇中唐使的一段纪闻，海上丝路又让《酉阳杂俎》中的《叶限》化身为格林童话里的《灰姑娘》。

长安、罗马，像两根擎天巨柱支撑着世界的东西两极，又如两颗璀璨的明珠照耀在地球的东方和西方。它们是两座双子城、两朵并蒂莲、一棵大树的两根枝干撑起的巨大树冠，荫护着脚下的地球。一条经济之路、一条文化之路将两个城市连接在一起，让两个文明、两种思想体系撞击融合、火花四溅，放射出长久不灭的万丈光芒，把地球装点得五彩缤纷。

长安是东方文明的符号，罗马是西方文明的标志；长安是东方思维方式的名片，罗马是西方思维方式的象征。丝绸之路则是这两种文明、两种文化、两种思维的纽带，从此，它们难分难解、爱恨交织，一路走向 21 世纪的今天。如今，海陆丝绸之路再次空前繁荣起来，长安罗马的联系前所未有的紧密，它们引领着世界走向未来，引领着人类奔向明天。

站在长安西望罗马，罗马向西；驻足罗马东眺长安，长安向东。驼铃声声虽然遥远，机声隆隆正在耳边。忽然一阵微风掠过，风里有罗马的味道，也有长安的味道；有罗马的色彩，也有长安的色彩；有罗马的声音，也有长安的声音。

天空飘过来一朵洁白的棉花云，站在云端我看到长安的子孙和罗马的子孙其乐融融地在大地上共生共荣……

{老井}

我所说的老井，既非作家郑义中篇小说《老井》，也非吴天明导演的电影《老井》，更不是其他地方的老井。那是我家祖居的宅院里的一口不起眼的井，这是一口老井，这口井老得不能再老了。我、我的父亲、我的爷爷、我的爷爷的爷爷……都是喝着这口井里的水长大的，我的身体里至今还流淌着这口井里的水。

这口井在庵间房（上房）和厦房之间的荫道处。井口不大，二尺见方，井台用普通秦岭石头围砌成井台，常年四季湿漉漉的，长满了绿茸茸的苔藓。井深丈许，水却很旺。也许是挖到了泉眼上，也许是挖到了水脉上，也许是每过几年都淘井的原因，反正水量充足。有一年遭逢三十年不遇的大旱，村里好多人家的井水枯了，而我家的井水却依然充盈。我们村原本地势低，在方圆数里村子来说水位高、水很浅，村里人常常在外吹牛说"鸡啼的时候两口子动手挖井，临明就可以吃水"，真正是"临渴掘井"。井虽浅水质却很好，比如今的矿泉水好喝多了。喝到嘴里甜甜的如糖，滑滑的如冰，润润的如玉，软软的如绸，那感觉如同听轻音乐，好似沐着细雨，又像吟诵婉约诗，抑或观看春光图，那种爽劲即使屈原在世也无法用最美的文字表达出来。提水很方便，既不用辘轳，也不需要井绳，只需一根六七尺长的木杆子绑上一个简易的铁钩子，一木桶水瞬间就提上来了。洗衣做饭、淘米淘菜、洗漱擦洗，十分方便，水随便用甚至可以海用。

师范毕业后我第一次登上东部白鹿原去同学家玩，第二天早晨洗脸时同学的母亲给搪瓷脸盆倒了一盆底水，刚刚能淹活毛巾，我心想这点水还没猫尿多怎能够洗脸，心头掠过一丝不快。刷完牙我大大咧咧地又舀上一杯水涮洗牙刷，同学母亲原本呆滞的眼睛狠狠地瞪了我一眼。我有点莫名其妙，浑身像针扎，满脸茫然，不知道自己究竟做错了什么。同学赶忙赔着笑脸解释，原上缺水，原上人惜水如命。看到原上人对水之吝惜，我当时感觉有点滑稽好笑。后来又听说山区原区人宁肯多给路人一口粮，也不肯多给一口水，感觉如同天方夜谭无法想象。至于作家笔下长江沿岸山上女子下山背水，因水被牛撞洒而遭丈夫毒打致死的情节，更是打死也不信。直到亲眼看到原上井之深，想到打水之艰，听到打井之难，特别是看了电影《老井》之后，我才真正理解了山区原区缺水的人们对水特殊的感情。我不禁对自己不珍惜水感到羞愧，更甚感庆幸，对老井更加心怀感激、更加敬重。

夏天走进荫道立刻就凉爽多了。一股清凉之气扑面而来，一会儿就驱走浑身的燥热，老井如同天然的空调，酷热的三伏天喝上一大碗井水，从心到肺到每一个细胞都是凉的甜的，顿时浮躁的身心立刻就平静下来了，心里满满洋溢着甜甜的、凉凉的味道。冬天井口的薄雾沿着木制的井盖缝隙袅袅升起，充满了草堂烟雾般的诗意。冰天雪地的三九天，喝一碗刚刚从井里提上来的水，浑身却是暖暖的，仿佛有了沐浴着春风煦阳的感觉。那时老井的水就是不花钱的"王老吉""脉动"，在外渴了、累了，回到家里只要喝上一粗瓷碗老井的水，既解渴又解乏。回想起来此刻我的嘴里都还是甜甜的、滑滑的、润润的。

那时候我最爱在老井边玩耍。我家庄基窄而狭长，荫道子不足十平方米，一年四季见不到多少阳光，常年阴湿，空气老湿漉漉的。这里的小草长得很快，就像男人的胡须刚刮过"跟着尻子就长上来了"（关中方言，形容长得快）。小草一株株嫩嫩的、胖胖的、水灵灵的，如同新生婴儿十分可人。黄鼠狼、老鼠经常在荫道子出没，偶尔有蛇光顾，不过只是一些土蛇而并非绿菜花之类的毒蛇。小学四年级时，学校提倡勤工俭学，我从大舅家带回几只白长毛兔养起来，兔子笼就放在庵间房屋檐下的砖台上。每天放学后我就将兔子放出来，让它们放放风、散散心，我和兔子们在井台周围撒着欢玩甚是开心。白天夏虫在这里歌唱，夜晚秋蛐在这里高歌。庵间房屋檐下的台阶上一字排开地堆放着镢头、锨、锄、木杈、扫帚……连阴雨天，他们睡好了歇够了，十分无聊，鸡零狗碎地拉着家常，聊着前世今生，一起感慨世事的兴衰。写完作业那里就是我的"百草园"，我的乐园，我和三两个伙伴尽情地耍。晴好的日子只有正午时分阳光才会眷顾老井，阳光透过井盖的缝隙给井里洒下大把碎金，老井一时富丽堂皇。最后一缕阳光回眸的那一刻，老井又是那样的沧桑，那样的恬静。老井成精了，成佛了。

那时我最喜欢帮母亲提水。用井杆把木桶放到水面，杆子猛一戳木桶，待木桶盛满水后迅速用铁钩挂住桶系，双手用力交替拔着井杆，一桶水就打上来了。提水也有一定的技术，木桶盛满水的那一瞬间，一定要眼疾手快，及时钩住桶系，否则就会把桶沉到井底。拔井杆时还要把井杆握住握稳，免得把木桶里的水洒出来。有一次提水的时候我故意耍淘，反复用井杆把水桶压下水面，结果把木桶掉到井底。我一下子傻眼了，急得又是抓耳挠腮如同孙猴子，又是摇头跺脚如同周仁悔路。母亲等着用水，不得不在对门三婶家借了一回桶。木桶沉到井里还好捞一点，铁桶沉到井里捞起来就费劲多了。东家西家找吸铁石，没有吸铁石往往要捞上好半天。

随着二哥结婚、我和两个姐姐长大，家里住房不够，只好在荫道子建起了灶房，老井也住进了房子。后来村里重新划分了庄基，我家迁出了祖宅，老井遂废弃被填埋成了新住户家的庭院。乡下讲究立秋那一刻要喝井水，虽然住进了城市多年，但是我一直坚持老家的风俗，每年这个时候喝自来水。其时我就会想到老井，我就会在记忆里努力寻找老井的影子，搜索老井每一个细节，像老牛反刍一样反复地回味。

生命离不开水，人离不开井。我们中华民族也有一口精神的老井。这口井里的水就是博大精深的以儒释道为基因的中国优秀传统文化，正是这口井滋养着中国人从陕北的石峁城、从半坡、从周原、从秦咸阳、从汉唐长安一路走来，生生不息薪火相传……不过这口老井也要常淘常洗，才能水量充盈，这样就能养育我们民族繁荣兴旺。

忽然天空飘过一片带着水珠的云朵，我眼睛猛然一亮，那不是我家老井里的那一滴水吗？

｛佛陀转身｝

佛陀说人即佛、佛即人。佛就是开悟的人，人开悟就成了佛。

我母亲是一名虔诚的佛教徒，虽说是并未正式在哪个寺院哪个师父跟前皈依，但是一年四季烧长香。母亲走的时候很安详如同睡着了，两只手呈莲花状，村里的居士老婆婆都说母亲成佛了，姐姐也说梦见母亲成佛了，但是我是断然不信的。

我不是一个佛教徒，也不信佛，但我有一些佛教界朋友，我对佛教文化很感兴趣，很喜欢一些佛教偈语。

在长安师范学校读书的日子，吃罢晚饭我喜欢一个人或者约上一两个同学到学校后面少陵原畔的华严寺双塔下去散步。站在原畔临风远眺，背后少陵原茫茫，南边终南山巍巍，西侧神禾原苍苍，北面长安城恢恢，眼前几十里樊川浩荡，夕阳里斑驳沧桑的双塔孤零零的有点悲伤。残阳斜影古原，青年的心里顿生岁月的感慨。那时只知道这里原本是唐代华严寺遗址，现存的两个佛塔是华严宗初祖法顺（一称杜顺）禅师和四世祖清凉国师澄观大师的灵骨塔。

十多年后我担任了区政协委员，认识了一些禅师、道长和牧师等宗教界朋友。近朱者赤、近墨者黑，接触僧人多了自然对佛教常识就有了一些粗浅的了解。交流过程中不免聊到一些关于佛教的话题，也就知道了不少佛教法语和佛教门派，从此对佛教关注也就越来越多。近年几次沿着陆上丝绸之路国内线旅游，我开始留心有关佛教寺院、壁画、佛教东传的路线，对于佛教中国化和汉传佛教发展又有了更多的了解。

佛教从东汉明帝永平十年（67）传入中国（一说西汉哀帝元寿元年），在洛阳建起第一座寺院白马寺，经魏晋南北朝至唐代几度兴衰，唐初已形成了八大宗派。佛教的八大宗派中六派的祖庭都在长安城周围。华严寺就是华严宗祖庭，华严初祖法顺和四祖澄观先后在华严寺传习《华严经》，法顺、二祖智俨还到终南山至相寺修习《华严经》。《华严经》是佛陀成道后宣讲的第一本大乘经典，可以说是佛教"经中经之王"。东汉时《华严经》传入九州大地，隋文帝开皇年间法顺大师建华严寺传讲《华严经》，他们吸收了儒家和道家的思想创立华严宗。其"法界缘起""一心论""圆融无碍"的思想和境界影响了其他七大宗派，佛事活动处处都能看到华严宗的影子。某种程度上可以说华严经宗的创立才真正实现了佛教的中国化，佛陀从这里出发乘着大船漂洋过海走向日本、朝鲜、东南亚以及非洲美洲。华严宗"理事无碍""圆融和谐"的思想对当今中国社会和世界格局也有着很强的借鉴及启示作用。"不忘初心，方得始终""一花一世界，一叶一菩提"，这些朗朗上口耳熟能详的偈语都源于《华严经》。

今年初春我又来到华严寺，这是我近30年后又一次拜谒华严双塔。我踩着华严宗祖师的足迹，谛听着他们的诵经声，伴着他们的身影，寻找着他们的灵魂。春寒料峭，早晚空气里还带着寒意，午后的阳光却暖暖地斜照着两位法师的灵骨塔，温暖了两位佛教大师也温暖了我。经历了一个冬天的雾霾，今天少陵原头顶的天空出现了久违的湛蓝，如同刚刚洗过一样。一股清新之气令我不禁贪婪地大口大口呼吸，恨不得把一个冬天呼进肺里的雾霾全部吐出来，哪怕吐出五脏六腑，哪怕昏天黑地也在所不惜。华严寺已非20年前了，建起了寺门和殿堂寺庙，双塔得到修复被作为国家重点文物保护起来了，整个寺院也已交僧人管理，僧人在此修行，居士香客在此修习佛法。今天没有佛事活动，寺庙有点冷清，我们三五个游客（非香客）自由地闲散地转着看看，既听不到木鱼和磬声，也没有见到一个僧人。院内高低错落的树木新绿刚吐，旧绿还未褪，风吹树叶沙沙作响。一道道经幡在阳光中飘展，幡影摇曳，树影婆娑，讲述着圆融智慧。我隐隐触摸到了华严历代禅师在寺院上空徘徊的灵魂，听到了他们咚咚的心跳，看到了他们慈悲的尊容，他们在和我进行着无声的心与心的交流。

会圣堂前一副对联让我驻足："进此门不论出身，到圣地唯谈信仰。"书法虽不算上乘却也还耐看，看得出住持是一位潜心佛法的僧人。可惜我与师父无缘，见其字见其联而不能见其人，颇感遗憾。缘起缘去，一切随缘。

去年冬天雾霾肆虐的日子，为了躲避浓度久高不下的 PM2.5 和臭氧，也为了浮躁的灵魂得到宁静，某个周末我和妻子登上秦岭天子峪拜谒华严宗名寺至相寺。仔细阅读了华严初祖、二祖功德碑碑文，在黄叶殆尽的千年银杏树下细参细悟，手抚唐槐感慨万千。忽然头顶一片云彩，顷刻霞光四射，霞光中心似佛非佛。"看，那是不是传说中的佛光！"妻子又惊又喜。也许是凡人肉胎肉眼，我没有看到佛，却看到了我的母亲。我母亲真的成佛了！

耳旁一阵轻轻的脚步声，抬头只见一位身着褐色僧袍的僧人踩着光影从经幡下走过。望着他的背影，我脑子里涌满了无比虔诚，那是佛教信徒几近愚昧般的虔诚，我马上用手机记录下了这一瞬间。和尚的背影淹没在落日、经幡、塔影里，我像一座佛像静静地伫立在那儿……

我想起了明代的《一团和气图》，画中一人一身三头，头正面是一位禅师，头左侧是一位儒士，头右侧是一位道士，三位融为一体，预示着儒释道三教一团和气。

"走吧。"妻子一声召唤。我们走出山门，回眸之间我依稀看到了夕阳里的佛陀的背影，他面对西方若有所思，接着来了一个华丽的转身，笑盈盈地走来了。此刻佛陀已不再是印度的佛陀，有点像老子，又有点像孔子。

这时从麦加走出来的耶稣、穆罕默德早已在欧洲、西亚、北非实现了转身，他们步着佛陀的后尘也悄然来到东方的大唐……

我常常傻想，假如佛陀、耶稣、穆罕默德来一次历史性会面，如今的世界将会是一种什么样子？

我是不是有点痴人梦语？不想了，那是尼采的事，那是疯子的事。

六月的眉山，骄阳似火，绿丛花海一片。见过没见过的各种树木郁郁葱葱，叫上名的叫不上名的各色花儿次第绽放，激情澎湃的岷江水吟咏着"大江东去"一路奔涌向东。

｛西湖情｝

上有天堂，下有苏杭。

苏州我从未去过，不敢妄言，说实话过去我是不太喜欢杭州这座城市的。多一半是出于所谓"正统"，少一部分出于唐皇城人自负的猥琐心理，当然也与杭州夏季天气湿热弄得人浑身既湿又黏有关。杭州本是江南城市，"日出江花红胜火，春来江水绿如蓝"。古称临安，既是中华传统文明聚集地，也是历史演变伤心处。它是南宋偏安小朝廷的国都，南宋时代杭州文明并未完全涵盖中华文明的全部。南宋时代的杭州商业经济发达，文化繁荣，均达到了中国封建时代的顶峰，但就是有点"商女不知亡国恨"，有不少"直把杭州作汴州"的靡靡之音。

对西湖我却是非常向往。小时候从秦腔戏《断桥》《游西湖》《西湖遗恨》里认识了西湖，从唐人白居易"欲将此意凭回棹，报与西湖风月知"、刘禹锡"木落汉川夜，西湖悬玉钩"，宋人苏轼"欲把西湖比西子，淡妆浓抹总相宜"、杨万里"毕竟西湖六月中，风光不与四时同"等诗句中领略了西湖的魅力，我一下子就喜欢上了西湖，爱上了西湖。西湖成为我终生向往之地，成为我梦中的情人。"西湖山水全依旧，憔悴难对满眼秋"是我最喜欢的秦腔唱段，尤其是著名秦腔演员马友仙演唱的《断桥》白素贞的这一段唱腔，我是百听不厌，越听越有味。外地人常常言秦腔是吼出来的，听了马友仙的这段唱腔，他们以后再也不会贸然下这样的结论。秦腔不光有慷慨悲壮激昂高亢的唱段，也有柔情似水凄婉哀绵的唱段，秦腔既有黄土高原的雄浑，也有西湖般的柔情。

我钟爱西湖。十多年间先后四次到杭州，每次去杭州必去西湖，而且在杭州逗留期间一有空闲就去和西湖约会。西湖这江南柔美娇艳的女子让我看不烦、爱不厌。漫步白堤，春晓跃然眼前，遥想当年杭州刺史白乐天与民众一起修堤治水，仿佛我也是其中的一员。驻足苏堤，三潭映月甚是美妙，一不小心邂逅了东坡先生，他披着蓑衣带领着军民正在运土堆石筑堤。断桥上镌刻着白娘子与许仙的爱情佳话，为美丽的西湖平添柔美和动人，情侣们络绎不绝流连忘返，祈祷他们的爱情天长地久。岛上水下的两座雷峰塔在夕阳中交相辉映，山色湖光塔影构成了一幅壮美的中国画，谁会相信下面压着白蛇娘娘。灵隐寺的古磬声从唐代一直响到现在，苏东坡正在和大通禅师一边喝着西湖龙井一边论禅。李叔同在虎跑寺的千年木鱼声中剃度出家了，在灵隐寺悠悠袅袅的香烟里受戒，从此弘一大师一心研修南山律。我就像喝多了杭州的黄酒，醉得一塌糊涂，一不小心掉进了西湖美景里，湖水的柔情淹没了我的躯体，吞噬了我的灵魂。只有岳武穆站在西湖边望着水光潋滟和茫茫夜色"空悲切"，枉自叹息。我大声告诉岳王，今天已非南宋时代了，中国梦正在西湖变成现实。

之所以钟爱西湖还缘于好友的西湖会。有高中同窗好友客居杭州，每次去杭州，临别时好友都会在西湖边小酌为我送行，如同故乡灞柳之别渭城送客。西湖边旧式小木楼上，一边赏湖光山色，一边品龙井茗茶，一边忆长安话杭州，友情乡情尽在茶中全在酒里。几杯绍酒下肚，话多了，手慢了，泪流了，酒醉景醉还是情醉我已分不清楚了，能不爱西湖吗？西湖的水里有我的泪，西湖的草木上有我的情。怎奈我无白居易之妙笔难写江南美景，亦无苏东坡之诗情难抒人间之情。

然而我的第一次西湖之行印象并不十分美好。十五六年前随旅游团去杭州游玩，到苏堤下了大巴，跟随着导游小姐游览西湖。虽然景点人满为患，但这并不影响我的兴致。西湖中漂浮着垃圾，湖水也并不清明，略显美中不足。西湖边游商小贩你来我往不断黏人，让游人应接不暇甚是烦恼。周边杂乱的建筑让贵妇般美丽的西湖有点邋遢，我的心里泛起一丝不快。这也许就是中国式旅游的特点，转念一想"天下老鸹一般黑"，国外的旅游何尝不如此？以此阿Q式想法聊可慰藉，但对西湖的印象难免有了瑕疵，好在瑕不掩瑜。

最近的一次杭州之行，对西湖的印象几近完美。近十年来杭州市政府还湖于民，湖水澄明，堤岸干净，游商小贩竟然绝迹，猥琐的建筑也不见了。代之而来的是中国美术博物馆等标志性建筑、各种风情历史雕塑和市民休闲娱乐设施。西湖这个吴越美人不仅化了妆，而且穿上了美丽的彩绸裙子，更加妩媚动人。我对西湖更加一往情深。

爱屋及乌，爱上了西湖因而我对杭州的印象也就大为转变。杭州人不无自豪地说，今天的杭州已从西湖时代迈进到钱塘江时代。看中外游人摩肩接踵，高科技产业纷沓而至，海归境外人才聚集，随着 G20 峰会的举办杭州迈入了国际化大都市行列。打开手机一条信息跃然眼前，家乡古都长安的汉昆明湖一期即日开放，随着西安昆明湖时代的开启，汉唐雄风重振就在眼前。祝福杭州，祝福西安。

驻足白堤睹物思人，不免又忆起白居易，深情地望着西湖心中竟还眷恋唐都曲江南湖。西湖虽好却不是久居之地，曲江南湖如故却是家园。

西北望，想长安。

｛钱塘梦｝

"日落江湖白，潮来天地青""八月十八潮，壮观天下无""千里波涛滚滚而来，雪花飞向钓鱼台"……钱塘江潮天下闻名，号称"天下第一潮"，古往今来多少文人志士诗以咏之。钱塘江于我并不陌生，初中时从教科书里就认识了它。由我国著名的桥梁专家茅以升先生设计的钱塘江大桥，是我国第一个自主设计的公路铁路双层两用桥，驰名海内外。更为传奇的是抗战中，为切断日军运输线，茅老亲自指挥炸毁了自己设计的部分钱塘江大桥，抗战胜利后又亲自主持修复了它。因而每次来杭州钱塘江亦是必去，一定要瞻仰一下这座大桥，运气好的话赶上好时节还可以观潮。

今天杭州人正实现着钱塘梦。沿钱塘江两岸的杭州新区拔地而起，成为杭州亮丽的新名片。海外高层次人才创新创业基地，吸引了成千上万的海归。一座座现代新颖的楼宇，孵化出一个又一个高端企业，聚集了全国众多的信息产业，为古老的钱塘插上开启未来的翅膀，让这条巨龙载着杭州腾飞。高大时尚的阿里巴巴总部、雄伟新奇的网易总部像一部部引擎激发着杭州经济的活力。漫步文博会会址，独具匠心的展馆大楼场景式布展楼，如同一幅巨型的动漫吸引着众多的中外游客。造型别致、色彩时尚的建国饭店，仿佛是凡·高的一件传世杰作令人震撼。没有围墙，开放环境就像敞开的怀抱迎接着来自五湖四海的客人。绿树碧湖、石桥雕栏、山色湖光、蓝天白云，构成了一幅美丽的画卷。东西方元素水乳交融，你中有我我中有你，在这里舞动着跳跃着，既恬静又热烈，既古朴又时尚，如同中国传统民乐与西方现代音乐完美和声。

蓝天白云下，杭州市人民政府周围的建筑简直就是神奇魔方。巨大青铜器鼎般的市政府大楼岿然不动雄视着钱塘江，两座"小蛮腰"（杭州来福士中心）犹如当年的大乔小乔楚楚动人，对面巨型火炬红光四射映红了钱塘江，金光灿灿的球形时尚咖啡厅、灵芝似的杭州大剧院、G20 峰会会址酒店如同巨人守卫着钱塘江。眼前的这些高大上建筑尽情地展示着杭州的青春活力和迸发出的巨大力量，征服了每一位游客。夜晚的钱塘江畔建筑上"火树银花不夜天"，疑是天上宫阙，又像外星世界，我一时竟不知自己是在天上还是在宇宙之外。大型运动灯光秀"美丽浙江，青春奔跑"更是大手笔，吸引着世界各地游客。灯光演绎着江南的美景，灯光展示着青春涌动的杭州，灯光炫动着活力迸发的浙江。中国元素、西方元素，古典之美、现代之美，绘画音乐、电影动漫，全部融于这灯光秀之中，让人不由得为杭州点上一个巨大的赞。夜空群星捧着一轮明月，江中月影星象对空微笑。钱塘江面粼粼波光随着秋风微微舞动，江上游弋的游船灯火明灭可现，两岸灯火阑珊。城市阳台上一场少儿配乐朗诵会彩排正在进行，穿着宋装的四个小朋友，手里挑着大红灯笼，在古筝声里朗诵着一首首唐诗宋词，观众潮水般的掌声引起钱塘江潮水的共鸣。

手抚江边栏杆，看着眼前的江水，听着耳边的诗词，回头远望，月轮山上六和塔依稀可见，仿佛回到了一千多年前的吴越国。当年吴越国国王钱俶命僧人智元禅师为"镇"钱塘江潮水建造了这六和塔，传说，钱塘江龙王真的被镇住，发生潮患次数明显少多了，避免了百姓不少苦难。纵然这六和塔真有镇河作用，然而今天是阻止不了钱塘江腾飞的，钱塘江载着杭州、载着浙江腾飞得最高最远。人们说未来的中国看浙江，未来的城市看杭州，美丽浙江是美丽中国的样板。

"西北望乡何处是"，长安今夜月明否？长安自古帝王都，曾几何时西安成为落寞的城市。"渭水清银河，横天流不息"。渭河本是中华民族母亲河黄河的最大支流，渭河流域也是中华文明主要的发源地之一。周人最早在沣水边营丰镐二京，秦在渭河北岸建咸阳，汉唐沿渭河南畔筑长安，想当年"千官扈从骊山北，万国来朝渭水东"。不过不必悲伤，幸喜今朝西安奋起追赶超越，随着"一带一路"经济带的崛起，作为丝绸之路起点的西安今日已跑出了加速度，随着汉代昆明湖的恢复，西咸新区划归西安代管，西安发展即将开启渭河时代，渭河将成为西安的城中河，汉唐雄风重振，西北的龙头又要高高地扬起来了。我的心一下子飞回了西安，归心似箭，走，回长安，回大汉的长安，回大唐的长安。

杭州作为海上丝路起点之一的城市已翱翔蓝天，作为陆上丝路起点的西安也将凌空腾飞，中国飞龙在天，民族复兴近在咫尺。

钱塘梦，渭河梦，中国梦。

杭州兴，西安兴，神州兴。

{士人的高峰}

山不在高，有仙则名。水不在深，有龙则灵。

眉山有山，山叫峨眉山，有仙就是三苏父子。眉山有水，水叫岷江，有龙就是三苏父子。眉山不大，名声不小。皆因三苏父子，尤以东坡先生古今中外闻名。

这就是我膜拜已久的眉山，这就是苏东坡的故里。踏上眉山土地的那一瞬间，我就被眉山的树、眉山的水、眉山的文化所吸引。

六月的眉山，骄阳似火，绿丛花海一片。见过没见过的各种树木郁郁葱葱，叫上名的叫不上名的各色花儿次第绽放，激情澎湃的岷江水吟咏着"大江东去"一路奔涌向东。

走进眉山东坡区，大小广场均可看到不同风格、不同姿态的东

坡雕像，到处是以东坡命名的街道、学校和商铺，大小饭馆饭店推出的是东坡肉、东坡鱼、东坡豆腐，喝的是东坡御液酒。苏东坡走进了眉山人生活的方方面面，他对眉山的影响简直无处不在。眉山人无时无处不因苏东坡而自豪。

当天晚饭后，我们漫步在东坡城市湿地公园里。银杏、黄葛树、五角枫、竹林、紫玉兰，远景楼、拱桥、石栏，卧波、霓虹灯、音乐喷泉表演……桥连岛，水架桥，湖光岛影，水月辉映，眼前的这些比东坡先生诗中的故乡更美。如果可以穿越，东坡先生回来之后也许已不认识眉山了，也许会住在眉山一辈子哪里也不去。不过苏东坡毕竟是苏东坡，他有他的家国情怀，他定会走出眉山、走遍天下的。这才是苏东坡。

距初识眉山已经 40 多年了。

小学五年级时，从语文课本里读到"横看成岭侧成峰，远近高低各不同。不识庐山真面目，只缘身在此山中"这首诗，第一次结识了苏东坡，第一次知道四川有一个叫眉州的地方。那便是苏东坡"夜来幽梦忽还乡"的故乡。

后来，读苏东坡的诗词和散文越来越多，我竟不知不觉迷上了苏东坡，成了苏东坡的铁粉。东坡的诗词、散文、书法和画作，无不令我陶醉其中，尤好吟诵"大江东去……"和"清风明月徐来……"。人到中年以后，对苏东坡的了解越来越多、越来越深，自有一种特殊的感情。其后每每去各地，凡遇到有关他的遗迹必虔诚拜谒。西湖苏堤之上数次凭吊东坡先生；庐山之下，诵诗缅怀苏子。不仅喜欢他的词，爱他的诗，爱他的散文，更赏其情，尤敬其志。

书法友人送我作品，每问及要书写内容，我必首选"大江东去……"或"把酒问青天……"。

那时我常常痴痴地想眉山到底是一个什么样神秘的地方，那里为什么会走出苏东坡这样的大文豪。我梦想着哪一天也能去一趟眉山，目睹一下三苏故里的风采，也沾沾文气，说不定哪一天自己也会成为作家。

20年前去峨眉山观光，途经眉山曾住宿过一晚。可惜的是那次旅行社时间上安排得很紧，夕阳在老牛脚步里归去的时候到达眉山，晨曦晶莹的露珠闪烁之时又匆匆登车离开。寻访东坡故里、寻觅东坡足迹、拜谒东坡之魂竟不能成行，差点酿成终生遗憾。还好那晚旅游团餐，安排了一道东坡肉，尽管味道并不地道。但是在东坡故里吃东坡肉自别有一番风味，也算是一点小小弥补，心里得到了些许安慰。

当我诚惶诚恐地走进苏宅大门，风华正茂的东坡先生早已笑盈盈地迎了上来。这是公元1068年秋日的一天，我去拜访先生。对于我这样一介草民，无名后生的唐突来访，先生并不觉得愕然，相反甚是热情，令我十分动容，受宠若惊。先生儒雅随和，用他自己的话来说"吾上可陪玉皇大帝，下可陪卑田院乞儿"。东坡先生盛情邀我书房小坐，一杯清茶下肚，先生侃侃而谈，自然风趣，如清风拂我心田，如明月漫我心间。窗外秋风徐徐，竹影绰绰，黄叶飘零。先生倚窗而立若有所思，眼前池瘦水敛，残荷遗苔。一时我竟不知自己是残荷，还是残荷是我。

父亲苏洵仙逝，苏轼、苏辙兄弟扶丧回眉山。安葬了父亲，兄弟二人一起守孝两年三个月。服丧期满，三十二岁的东坡先生完成了两件事。一是"要师法父亲为纪念母亲而立两尊佛像的往例，必须立一庙，以纪念父亲"，为父亲建了一座庙宇。二是在原配王弗死后十多年，续弦妻子堂妹王闰之。此年腊月兄弟二人携家眷回京，兄弟二人再也没有回过眉山。从此眉山只能出现在他的诗里、词里、梦里……"此心安处是吾乡"。此后宦海沉浮，兄弟二人几多遭政治灾难，特别是苏东坡几度遭贬，谪居黄州、惠州、儋州，漂泊不定，最后客死他乡。

午后，我们一群作家在导游的引导下，走进三苏祠。三苏祠已今非昔比，远不是苏家老宅五亩之狭。门内三棵参天黄葛、银杏古树遮天蔽日，犹如苏洵、苏轼、苏辙父子三人，只可仰望。祠堂内殿堂、回廊、亭榭、碑石、牌匾、楹联、古迹、文献，无不浸透着东坡父子之情之风之精神。引凤轩内少年子瞻正在读书，我不敢高声说话，轻手轻脚，唯恐打扰了他。在这小小几间房里苏东坡积淀了丰厚的文学素养，杭州、黄州、惠州、儋州丰富了他的智慧和思想，让苏东坡成为士人的高峰。

一方水土养一方人。眉山的宽阔土地养育了东坡先生宽广的胸怀，眉山的浩浩岷江造就了东坡"上善""处下"的情怀，眉山人"质朴遒健"和"耽溺于论证"的文化成就了东坡的"勇士"精神。

阿来先生讲"中国传统社会中两个重要的阶层是士绅，他们几乎是传统社会的中坚"。正是他们推动中国传统社会历史的车轮滚滚向前，波浪式前进。苏东坡是中国士人又一座高峰，"前无古人后无来者"，一千多年来让我们仰止行止。苏东坡的一生始终是一个乐天派、一个道德家、一个百姓的好朋友。正如林语堂先生所言，苏东坡"犹如政坛风暴中之海燕，是庸妄官僚的仇敌，是保民抗暴的勇士"。苏东坡"是一个极讲民主的人"，是一个有着百姓情怀的士人。时下中国知识分子阶层群体队伍很大，然而像苏东坡这样真正的"士"却很难见到了。那些为做官的服务的知识分子，那些做了官的知识分子，还有多少心里装着百姓？还有多少心系苍生？哪里还有"士"的气节和情怀？面对东坡先生，我羞愧地低下了高高扬着的头。

"把名字刻入石头的，名字比尸首烂得更早"。一代女皇武则天在乾陵前为自己立了一块无字碑，引发了后人无限遐想。就在苏东坡去世一年后，当权的小人就建立了元祐党人碑。立碑的小人们原本要让苏东坡等人千年万载永受羞辱，谁料到天不遂人愿，不知是神意，还是天愿，仅仅十年后元祐党人碑就被雷电击断一分为二，苏东坡的名声反而越来越大。天地是公道的，鬼神是公平的，历史是也是公正的。

天地、鬼神、历史有情也无情，原本情在人心里，理却在天地、在鬼神、在历史。

在东坡先生坐像前，我驻足久久不肯离去。当地电视台正在采访冰心先生的女儿吴青女士，我凑了上去，老人铿锵有力、掷地有声……

{塔云山无云}

镇安的塔云山以云海著称，遗憾的是在塔云山我却没有看到云海。有缘千里来相会，无缘对面不相识。不知是我没有眼福还是我和塔云山的云海无缘？也许是缘分未到，也许是注定我还会再来。相信我不负塔云山塔云山也不会负我，总有一次我会亲眼欣赏到塔云山云海的真容。

镇安是山区，山很多。一架山连着一架山，几乎分不清界限，就像镇安民歌唱的"一山来了一山迎，百里都无半里平"。镇安的十几架山真正闻名天下的当属塔云、木王两架山，塔云山似乎更有名点。

镇安自古属秦地，明时归西安府。镇安虽然行政属秦，但山、水、人和文化并不完全随秦。镇安地处秦岭终南山南麓，乾佑河往南穿过镇安的山沿谷顺势而下进入汉江最终汇入长江。镇安在南北分水岭以南，就有些南方的灵秀味，地处"秦楚咽喉"不免有楚地之貌鄂地之风。镇安的山兼有南北山之特点，既有北山之土，又有南山之石，雄中见秀，厚中有灵。镇安的山势不高，连绵逶迤，山骨虽断山筋亦连，可谓"打断骨头连着筋"。镇安与长安山紧相连，水却不同。镇安的水清澈明亮，柔软缠绵，轻流细淌，如同楚乐。山养水，水涵山。镇安的人瘦小，少秦人的高大彪悍，也许与"楚王好细腰"的典故有关，不过楚王好的是女人细腰。镇安的民歌既有缠绵婉转的也有雄浑高亢的，缠绵婉转不乏楚乐的基因。真是一方水土养一方人，一方人造一方文化。

言归正传。塔云山顾名思义，有塔有云。有塔者，因其主峰形似宝塔，直耸云端，故当地坊间称为"塔儿山"。塔儿山原本是修道的福地，难怪元明时期道教兴盛，中国道教协会名誉会长任法融称此山上的道观为"秦岭第一仙境，天下最险道观"。明代，成明达44岁时变卖家私在此出家修道，清修20余载，重修道观、再振香火，名噪一时。清光绪年间，镇安籍进士、盐政专家晏安澜回乡服丧，最后一次登塔云山有感于成道士功德，与当地士绅名流商贾商议为其修建念功塔彰显其功德，并亲自撰写碑文。有云者，因其雨后山间云雾缭绕，主峰如在云山雾海之中，塔入云云绕塔，如同昆仑仙境，晏安澜遂信口改名塔云山。人贵言重，晏安澜一言九鼎，这一叫就叫了100多年。斯人已去，不知今骨埋哪里魂归何处？塔云山却依旧。历史也许已淡忘了晏安澜，日月却从此铭记着塔云山。

山不在高，有仙则名。塔云山从此名冠秦鄂豫。

隔山不算远，隔河不算近。虽然长安与镇安之间只隔了一个柞水，小时候的印象里镇安很远，运气好的话去一趟镇安乘车至少需要坐多半天时间车，运气差如遇到车抛锚到镇安则需要整整一天。塔云山"长在深闺人未知"，只好孤芳自赏。旧印象里镇安很穷，不仅女人纷纷往外嫁，男人也一个一个倒插门。我家一条街就有两三个镇安的媳妇，还有一个镇安的招赘女婿。大汉伯家五个儿子，老大老二在当地找不下媳妇，只好相继找了镇安媳妇。不知是穷怕了还是路难走，反正起初大嫂子二嫂子一年年也不回一次娘家，西柞高速贯通后二嫂回娘家的次数才渐渐地多了起来。如今镇安的山活了、水润了、人富了，野鸡变成了凤凰，也繁华时尚多了。

西柞高速不仅向外推介了塔云山，而且拉近了它与游客的距离，一传十、十传百，塔云山虽未大红大紫，却也成为省内短途游的明星、镇安的一张旅游名片，旅游季节游客络绎不绝。塔云山喧嚣热闹起来了，红男绿女们的闯入让这个道教的清福之地再也无法宁静了。神仙清净的心，也泛起了一丝浮躁。不过神仙就是神仙，当游人退去之后依然清静。

塔云山主峰以险、奇、秀、峻、神而著称。一根巨型柱石突兀而起，直插云天，四根小柱石插入岩缝，犹如一根根神针将庙宇牢牢地固定在山脊之上。沿着石级登上石柱顶端，一座小庙名曰观音殿，三面凌空如同仙鹤振翅欲飞。黄铜庙顶青色铁瓦在骄阳下金光闪闪光芒万丈，是所谓"金顶"也。庙数平方，一神像，一供桌，一道士，每次仅能容一人叩拜。朝拜者郑重地敬上香火和布施，默默地许愿，虔诚地作揖叩头。烛光闪烁，轻烟袅袅，清脆的磬声在小庙里、在山谷间回荡。道士咕咕哝哝的诵经声一个字也听不清楚，但是我的心却清静了许多，肃穆虔诚顿时涌上胸膛，身心俱轻，有了回归自然、物我一体的意思。鼓足勇气壮着胆，站在庙前最高石阶上，我不能说是两股战战，但确实是一身冷汗。"真险，真乃神仙之地"，难怪道家神仙们会选此地清修。这也许就是道家所追求的玄妙。老子骑着青牛慢悠悠地走来，听，"玄者万物之祖""玄之又玄，众妙之门"。

从不同角度看金顶，不同的视野，不同的气势，不同的感慨，不同的境界。我的脑海里总在纠缠着一个问题，如此险绝，当初道人工匠是怎样建起这小庙的？我替古人担忧同时为古人点起赞来。

"世间好话佛说尽，天下名山僧占尽"。不知塔云山为何只有道无有僧？天下名山十僧九道。僧道同修，修行之意不同。塔云山也许更符合道家道义。站在最高处的憩亭小歇，四周群山苍茫，披青挂翠，心中生出几句诗来："情随闲云去，意同野鹤往。茫茫青山出，悠悠天地心。"

顷刻，山风习习，虫鸟鸣鸣，流水潺潺，山林滔滔，清雾茫茫，亦梦亦幻，亦仙亦人。

抬头举目，不远处石柱之上一道士青袍白履浴日沐风闭目打坐。回头之间竟不知我就是那道士，还是那道士就是我……

{酒泉饮汉武御酒}

"天若不爱酒，酒星不在天。地若不爱酒，地应无酒泉"。

酒泉注定与美酒有关。酒壮英雄胆，美酒就是为英雄而酿造的，酒泉也一定是和英雄联系在一起的。相传当年骠骑大将军霍去病大破匈奴，汉武帝大喜，特赏赐美酒予以嘉奖。少年英雄霍去病感念将士英勇，不愿独贪天功，甘愿与将士共享，将酒倒入金泉之中和将士共饮，此地遂命名为酒泉。

酒泉是丝路重镇之一，也是驰名中外的航天城。北通沙漠，南望祁连，东迎华岳，西达伊吾。汉武帝设立河西四郡 2000 多年以来，随地理变化、历史变迁，酒泉几经风雨，几经沧桑，几易几改，但最终还是被历史留住了。在酒泉饮酒一定是一件很有意义的事，也是一件很英雄的事。

到酒泉已是晚上7点。一场急促的阵雨横扫了天空中的乌云，8月陇西7点的天还很明，汉代的蓝天白云迟迟不愿谢幕依然在天空的舞台舞动，唐时血红的夕阳染红了西域的天边，十分壮美。立秋之后，河西走廊已经刮了2000多年的风开始有了凉意，街上行道树伸出热情的双手迎接我们的到来。

我们定好住宿的酒店，稍事休息之后，踩着昏暗的路灯光，漫步在英雄城航天城的街道上寻找着历史的记忆。酒泉虽地处西北内陆干旱地区，城市却十分干净。绿树红花把这座内陆小城市打扮得如江南女子一样妖娆，街上奇石林立仿佛走进石头博物馆。一会儿绿树上、门店门头、奇石上霓虹灯闪烁，让小城有点扑朔迷离。

人是铁饭是钢，一顿不吃饿得慌。我们走进一家不大的饭店，点了几盘菜。同行的朋友说"来上一瓶白酒吧"，"对，有酒才有饭趣。"其他人一起附和。喝酒就要喝酒泉的酒。李白曾言"天若不爱酒，酒星不在天。地若不爱酒，地应无酒泉"，酒泉也是产美酒的地方，我们要来酒泉名酒汉武御酒，几个人推杯换盏豪饮起来。喝着汉武御酒，我们好像就是霍去病麾下的铁骑战士，就是两千年前酒泉守城的卫兵。举杯邀明月，对影成三人。酒酣饭饱，扭头仰望西北天狼星，再回头东南明月高悬，不免想起了家乡长安的西汉美酒。提起西汉美酒真有点神奇，2003年在汉长安城遗址附近的一座古墓中发掘出两个盛有液体的青铜钟。经品酒专家鉴定是汉代的酒，颜色翠绿透亮，酒味依然很浓，纯度依然很高。家乡有识的民营企业家与北京科技大学、文物部门、白酒联合会协作研发出了西汉美酒。

如今西汉美酒已成为古都西安的一个文化符号，成为宴请四面来客的佳酿和馈赠八方嘉宾的赠礼。汉武帝赏赐给霍去病的御酒也许就是这西汉美酒，如此说来酒泉的汉武御酒和长安的西汉美酒原本就是同源，它们浸濡着大汉的辉煌，蕴藏着民族的兴盛，洋溢着国人的自豪，饱含着民族复兴的激情。汉武御酒、西汉美酒，大汉的美酒，大汉的酒泉，大汉的长安。

茂陵上的封土依旧，草木繁盛，汉代的太阳让它熠熠生辉。近处流淌了几千年的泾河渭河滔滔不绝，远处巍巍终南山横亘东西。汉武大帝静静地躺在渭水北岸咸阳原上，默默地雄视着他的长安城、未央宫，保佑着他的臣民和臣民的子孙们。卫青、霍去病、金日磾等依然守卫在身旁，祁连山似的霍去病墓和阴山模样的卫青墓彪炳着他们的赫赫战功。少年英雄"匈奴不灭，何以家为"的铮铮誓言在咸阳原上回荡，泾水渭水为之震荡。马踏匈奴的石雕已成为永久的纪念，镌刻在历史的石柱上。匈奴王子金日磾一心侍汉，"笃敬寤主，忠信自著"，除叛臣辅幼主，民族团结之心日月可鉴、三秦铭记。

是夜我久久不能入睡，耳边，一会儿谯楼沉闷的更鼓不绝，戍人幽怨的笛音绵绵，远方妇人哀怨声声；一会儿喊杀阵阵，战鼓咚咚，万马嘶鸣。眼前，一会儿刀光剑影，横尸遍地，血流成河；一会儿凯歌高奏，千军齐呼，一片欢庆；一会儿鬼影绰绰，孤魂唉唉，风声鹤唳。一个个历史人物，一桩桩历史事件，你方唱罢我登台……最后都被恶魔般无情的黑夜所吞噬，万物都停止了呼吸，平静地死去，悄悄重生。我仿佛就是酒泉的一粒尘土，目睹着刀与剑；

我仿佛就是酒泉的一棵残树，亲历着血与火；我仿佛就是酒泉的一缕阳光，谛听着历史的诉说。

第二天我们起了一个大早，迎着千年的朝阳，拜谒了酒泉钟楼。酒泉钟楼原为东晋并存的前凉酒泉东城门，明洪武二十八年（1395）改为鼓楼置于城中央。几经战火，几经风雨，现存钟楼为民国初年建筑。它"气壮雄关""声振华夷"，与西安鼓楼、嘉峪关关城遥相呼应，成为丝路之上几颗璀璨的明珠。如果说西安是丝路的根，那么酒泉就是它的一脉枝条，酒泉始终和西安连在一起。这也许就是我对酒泉有一种亲近感的根源吧。

走进酒泉遗址公园，我们一下子回到汉代。这是河西走廊上唯一的一座汉式园林，处处洋溢着汉风、汉味、汉韵。站在酒泉胜迹边，泉水依旧汩汩流淌，可惜已没有了酒味。手抚汉白玉栏杆，仿佛看到汉家将士举杯庆饮的盛景。骠骑将军霍去病披甲挂铠，举酒面向长安叩谢天恩一饮而尽。将士欢笑，战马欢鸣，响彻云天，吓得逃之漠北的匈奴残部心惊胆寒。遥想当年酒泉等河西四郡正式并入大汉版图一派盛象，西汉胜境让多少西域民族艳羡。酒泉成了西域各民族盛会的会场。不同语言、不同发色、不同服饰、不同习惯的人们在这里共生共荣；不同的音乐、不同的绘画、不同的舞蹈，在这里融合；不同信仰、不同思维，在这里和谐共存。

手捧左公柳的柳丝，踏着他的足迹，看着左公手书的"大地醍醐"匾额，仰望湛蓝的天空，历史是那样的深邃。当年左公平定阿古柏叛乱收复新疆途经酒泉，专程到酒泉遗址凭吊霍去病，正是有了霍去病、左宗棠等这些英雄将领，我们的国家才得到了统一。左公驻足泉边，望着湖水，心系新疆安危感慨万千，遂赋诗一首："今我访酒泉，异境重湖拓。杖通出新泉，堤周三里廓。"

新中国第一个卫星发射中心也是以酒泉命名。发射基地距酒泉200公里，酒泉作为基地的后勤中心，为中国航天事业做出了巨大的贡献，酒泉人民做出了很大的牺牲。第一颗人造卫星、第一颗返回式卫星、第一艘载人飞船、第一个天空空间站……无不浸透着酒泉人民的汗水和心血。

站在酒泉遗址公园，遥望东风航天城，浮想不断。霍去病已逝去，大汉已远去，酒泉在继续向前，东风航天城翱翔太空，数风流人物还看今朝。

｛边城遇翠翠｝

下了沱江码头，乘乌篷小船逆流悠悠而上。沱江水碧如玉，水面平如宝镜，珠光宝气四溢，凤凰的沧桑也斑斓其中。靠近岸边水草清晰可见，倩影更是婀娜。竹篙撑起处涟漪微微，仿佛诉说着凤凰神秘的往事。零零星星的雨点，落在江面上，绽开了朵朵花儿，不过很快就香消魂散。两边临江小楼林立，水映楼，楼鉴江。两旁山青如黛，雨中更润。这里的山有些低矮，不像北方的山那样雄伟，却有南方的秀奇。如果说北方的山是一位粗犷的将军，凤凰的山就是一位文雅的儒士，正应了那句"南方才子北方将"。虽已是深秋，坡上的枫香树、香楠木以及灯笼花古树猫眼一样绿，湿漉漉的，闪着灵动的光。

　　泛舟沱江，如在画中，一时间竟然分不清哪是画、哪是山水，如入仙境，不知哪是天上、哪是人间。我成了醉翁。雨点时疏时密，天公时雨时阴，愁云时而飘荡山前时而隐匿山后，似梦似幻，如诗如画。我似梦蝶之庄周，时而是山，时而是水，时而又是船……

　　身着苗族服装的船夫大哥轻轻地抬起虫节云斑的竹竿，一边撑竿划船，一边唱起婉转动听的苗歌。虽然我听得不太懂，但我想这也许就是当年傩送唱给翠翠的情歌。另一条船上穿银戴银挂的银苗族导游少女，在游客的怂恿下，羞涩地回应着。郎一声，妹一声，江面上飘满了游人的笑声。随手捡起一串，那里面有傩送的歌声，有翠翠会心的微笑，也有沈从文当年的笑声碎片。眼前就是东门虹桥，岸边的一排排木楼，像蜈蚣一样长出了许多纤细的脚，一个个直挺挺站在沱江里，一站就是上百年。它和北门跳岩附近的苗家吊脚楼，成为凤凰古城亮丽的名片，让湘西小城披上了神秘朦胧的面纱。

　　到了凤凰一定要去沈从文故居的。提起沈从文，要说的话太多了。初识沈从文是在现代文学课上，《边城》《虎雏》等小说让我记住了他，《湘行散记》《凤凰旧事》让我着迷于他。是他让我们了解了赶尸、放蛊、行巫、落洞等湘西神秘的苗乡文化，是他如椽生花的妙笔把湘西苗寨风情展示给世人，推介到世界。汪曾祺《沈从文先生在西南联大》让我看到了热爱学问、天真谦和的文学巨匠沈从文。

　　走进中营街沈从文故居，我看到了一个纯真顽皮的小沈从文，他的童年、少年时代就是在这所小院度过的。14 岁时走进了旧式兵营，20岁离开湘西到北平谋生。凤凰成了他创作的源泉，后来他曾两次回到凤凰，这是他魂牵梦绕的地方，这是他的凤凰，他永远的凤凰。这是一座典型的晚清湘西四合院，木质结构，镂刻雕花门窗，精致的鳌头，古色古香，又洋溢着沱江的秀气，难怪滋养出沈从文优美诗意的语言。

凤凰旧时偏僻，地处湘西，连接云贵，是苗乡。苗民相传是蚩尤的后裔，与黄帝大战中原，蚩尤战败，率部逃入山区。神怪对苗民影响很大，此地"大树、洞穴、岩石无处不神，狐、虎、蛇、龟无物不怪"，因而就有了"《楚辞》中的山鬼，云中君"。苗民旧有放蛊的传说，这里曾经巫术盛行。随着现代文明之风潜入，当地人已不再迷信，赶尸、放蛊、行巫、落洞早已不复存在，时至今日已难觅其踪，一些老凤凰人却以此津津乐道，故弄玄虚添盐加醋，云里雾里吹嘘一番，更显其神秘。

朝阳宫里一场难忘的杨氏祭祖的傩戏表演令我印象十分深刻，一些细节至今依然清楚真切。傩戏于我并不是第一次接触，因而并不陌生。十多年前在贵州黔西南的苗寨我就看过两场，内容虽已全忘记了，但对于这种原生态的戏曲倍感亲切，有一种抱朴归真、自然天成的感觉。傩戏有原始图腾和巫术色彩，还有点跳大神的味道，初一看有点好笑，再看有点神秘，仿佛回到了史前时代。杨家的祭祖仪式主祭者为身着民族服饰的宗族长者，四侍女侍立于身后，两男伴于左右。主祭者在祠堂正屋内虔诚地焚香燃烛，杀鸡歃血长跪祷告列祖列宗，祈求家族人丁兴旺、世代绵延。游客纷纷举起手机、相机和摄像机，争相拍照、摄像要记录下湘西特色文化。

　　一方水土养一方人。凤凰山有神性，水有灵性，虽地远且偏，但名人辈出。自民国以来有熊希龄、陈斗南、沈从文、黄永玉……尤以"凤凰三杰"熊希龄、沈从文、黄永玉驰名海内外。凤凰的山、凤凰的水、凤凰的文化养育了他们，他们用文字诉说着凤凰的风情，用画笔讲述着湘西的故事。

　　作为沈从文的忠实粉丝，我是一定要去拜谒祭奠沈老的。捧着一束鲜花，沿听涛山缓缓拾级而上，不远处就是沈老墓地。旁边一竖碑正面"一个士兵不是战死沙场，便是回到故乡"，这是黄永玉为表叔题写的碑文。墓地周围绿植环绕，碧树掩映。中间一块狭小的草坪，没有墓穴，只有一块不甚大的天然五彩石。五彩石正面镌刻的是沈从文先生手迹："照我思索，能理解我；照我思索，可认识人。"石背面则是沈从文的姨妹张充和的撰联："不折不从，亦慈亦让；星斗其文，赤子其人。"我虔诚庄重地献上花儿，深深地鞠了三个躬，然后蹲在沈老的墓碑前，静静地聆听沈老聊着他的湘西，讲着乡土文学和散文……

　　离开沈从文墓地，不知为什么我的心情有点沉重，低头闷闷地走着，不小心撞上了一个苗家女子。我赶忙鞠躬道歉："对不起，对不起。"那背着竹篓子卖小玩意的苗家女子浅浅一笑，算是对我无礼的原谅。回头的一瞬间，我眼睛一亮，那不就是翠翠吗？

　　那晚逛完凤凰夜景，虽已过子时我却睡意全无。熄灭房灯，一个人静静地坐在吊脚楼阳台上的藤椅里，轻轻呷上一口红酒，忘情地看着沱江及两岸闪烁的梦幻灯火，我竟走进了沈从文的世界里。

　　我见到了翠翠、爷爷、傩送和天保。

{乌鲁木齐的这个冬天真温暖}

丝绸之路新疆段之行无论如何是绕不过维吾尔族和手抓饭的。

手抓饭和大盘鸡拌面是新疆最著名的特色饭食。抓饭，顾名思义就是用手抓着吃的饭食，维吾尔语叫作"波糯"，是维吾尔、乌孜别克等少数民族招待客人的民族风味食品之一。逢年过节、婚丧嫁娶等重要日子里，维吾尔族人家都要精心必备抓饭招待亲朋好友和远方而来的尊贵客人。

我对新疆既熟悉又陌生。说熟悉，是小时候从教科书里就知道新疆是我国面积最大的省份，占国土面积六分之一。新疆维吾尔自治区少数民族众多，维吾尔族是除汉族之外的最大民族。新疆的和田玉、哈密瓜、石油、天山天池、喀纳斯湖等驰名国内外，罗布泊更是神秘，彭加木就是在那里失踪的。《阿凡提的故事》《天山上的来客》等让我对新疆有了更多感性的认识。陈佩斯表演的小品《烤羊肉串》，更是记忆犹新，成为春晚的经典小品。说陌生，我只去新疆旅游过一次，况且十天时间上车睡觉下车照相，多一半是在旅游大巴上度过的。

在内地我是从不吃新疆抓饭的。我的肠胃不好，总觉得游摊上的抓饭看起来就不卫生，再说原本并不正宗，是吃不出维吾尔族风味的，更谈不上吃出维吾尔风情。加之长期的饮食习惯等原因（话说回来，西安有全国各地那么多的特色饭食吃都吃不过来）。十多年前去新疆旅游，在乌鲁木齐的大巴扎吃过一顿旅游套餐，其中就有抓饭，一边吃饭一边欣赏维吾尔族艺人表演的《十二木卡姆》。当时确实对每一种吃食、每一个节目都很好奇，每一个细胞、每一根神经都很兴奋。毕竟是西域的一种体验，仿佛走进了古代西域某个王国的宫廷，简直就是一种时光的穿越。《十二木卡姆》里竟然有秦腔的旋律，我不免有了秦地家的感觉，让我很是享受。然而时间把深刻的记忆洗刷得越来越淡，仅有的记忆碎片越来越少，如今全都抛到爪洼国去了，已很难再捡回它的碎末了。

脑海中只有早热木·他西阿姨家的一顿地道的抓饭让我回味无穷，那维吾尔族风味至今还在嘴里飘香，那风情至今还在心里荡漾。每每想起来兴奋不已，每每说起来激动得不行。

2017年初冬，我因小舅子的婚事到乌鲁木齐。乌鲁木齐的冬天比西安来得早，也冷得多。原本安排只有三天的时间，一切都匆匆忙忙，事事都如行军作战。然而维吾尔族阿姨早热木·他西却很是热情，再三让小舅子邀我们到她家去做客。当听到我们因行程紧张难以赴约时，她很伤心。我们无法拒绝老人火一般的热情，决定更改计划。当小舅子打电话告诉早热木·他西阿姨时，她很是高兴，电话旁边的我似乎都能听到她激动的心跳，看到她高兴的泪水，感受到她春风般的热情。

当我们来到东湖立井小区早热木·他西阿姨家时，一见面，阿姨用生硬的"维吾尔汉语"热情地招呼我们进屋。只见她头上包着粉底黑红梅花头巾，身穿绿色的连衣裙，围着一件褐色围裙。我们为老人送上带来的泾渭茯茶和琼锅糖等陕西特产。老人略显肥胖，走路有点蹒跚，皮肤虽有点松弛却依然光彩照人，不难看出年轻时也是一个美人胚子。室内，华丽的地毯，绚烂的挂毯，大气的欧式沙发，门上挂着一幅伊斯兰历，电视柜旁一块挂钟显示着新疆时间，我感受到了一股浓浓的维吾尔族风情。盛着巴旦木、戈壁果、葡萄干、奶酪、石榴、香蕉、哈密瓜的各式玻璃器具早已摆在茶几上，屋内流动着一股浓浓的西域韵味。阿姨腿患骨增生，走路一扭一拐，但还是跑来跑去为我们又是端茶又是倒水，又是招呼我们吃水果干果。老人的二女儿娜孜古丽也来帮忙了，她们面向西方跪在地毯上，一个人擀皮，一个人包着羊肉包子，娘俩叽里咕噜用维吾尔语交谈着，我们一个词也听不懂，但从她们神采飞扬、满脸堆笑的表情上可以判断，对于我们的到来她们很高兴。

一会儿满屋子飘着羊肉香味，包子熟了。我们大家七手八脚收拾茶几、端饭，茶几上摆满了两大盘手抓饭、两碟泡菜、一大盘薄皮包子和一大盆奶茶。阿姨用小玻璃盘子为我们一一盛上抓饭，又为每人舀上一小碗奶茶，招呼我们用餐。阿姨做的抓饭色香味俱佳，羊肉焦黄又香又耐嚼，黄黄的梨片、红红的萝卜丝、褐褐的洋葱和绿绿的葡萄干，大米泛着明汪汪的羊油，我馋得直咽口水。我们一边吃饭一边拉家常，阿姨又说又笑非常开心，像过他们民族的诺鲁孜节一样。屋子里满是欢声笑语，一浪高过一浪，僵硬的水泥墙也露出了微笑。我们原本因民族差异的拘谨消除了，心也轻松了，立刻有了家的温暖。吃罢饭阿姨拉着岳母的手不放，问这问那，两个老人像亲姊妹一样，那种亲热劲让人有点嫉妒。早热木·他西阿姨开心得不得了，她的女儿也很兴奋，女儿说阿姨很久没有这样高兴了。早热木·他西阿姨家阳台上的一盆绿意盎然的文竹也似扭起维吾尔舞蹈，盛开的三角梅上一朵朵粉红的花灿烂得如春天一般，绣球花也禁不住小声哼起了维吾尔歌曲。我们几家人一起合影留念，三十五六岁的娜孜古丽像小孩一样腾地跃上沙发背，小舅子女朋友迅速用手机记录下了那难忘的"一家人"幸福的瞬间。

临别时，早热木·他西阿姨硬要为我们带上新疆特产，我们婉言谢绝。阿姨依依不舍地送我们出门下楼，一边抹着眼泪说"欢迎再来"，一边挥着手再见。

我们会再来的，还会吃早热木·他西阿姨做的抓饭的。

乌鲁木齐的这个冬天真温暖。

｛史铁生，我的地坛｝

真是有点邪门。我刚有了去地坛拜谒史铁生的想法，天就开始落雨点了，坐上车，雨越下越大。

北京八月的天，雨来得特快，说下就下，任性得很，没有一点商量的余地。东北方向天空泼了浓墨一样的大片大片云朵像魔鬼一样露着狰狞的面目迅速向南边滚滚而去，想要把人间的一切吞噬掉。虽然才午后三点多，天却黑下来了，真有点"黑云压城城欲摧"的感觉，令人有点窒息。滴滴车的雨刮器慌乱得有点应接不暇，柏油路两边的雨水很快汇成小溪，汽车的灯光一个比一个亮，像在黑夜里手执火把的赶路人，车开得很慢，马路上几乎看不到行人。

地坛原本是明清两代皇家祭祀土神的场所，土生万物，万物又离不开水，土地更离不开水。说来也怪，当我们到达北京地坛北门时天竟然亮了，雨也停了。老天爷是最善解人意的，也许他是要把地坛洗涤得干干净净迎接我，也需要我来一场天然浴，洗去我心中的污垢，让我像古人祭祀一般虔诚地拜谒史铁生的踪迹。

史铁生是我最敬仰的作家之一。当学生时代第一次读到《秋天的怀念》的时候，当我指导学生阅读《我与地坛》的时候，就被这颗灵魂深深地感染着，从那时起他就成为我精神的教父，几十年来一直激励着我。史铁生虽然身体残疾，他却享受着孤独、"欲望距离"和恐惧获得的快乐，在常人看来的困顿里他却发现了曙光，他的眼里"每一片乌云都镶有金边"。史铁生沉静、坚韧、豁达，他的灵魂坚强而高尚，在有限的空间里追求无限的人生价值，他为信仰而活着，因为"所谓天堂就是人的信仰"。他把走过的山、水当作走过自己生命的工具，把天和地当作确定自己位置的 GPS，把对别人的爱当作实现自己爱欲的手段。坐着轮椅从腿开始思考，体察心灵思考灵魂。祭拜史铁生是我心中的夙愿，今天终于马上就要实现了，我像一个醉汉一样兴奋不已，灵魂飞起来，身子也飘起来，两条腿像在太空里。

走进地坛，雨后的公园里人很少，扳着指头可以数清，很是幽静。空气格外清新，有一种泥土的芳香。花草树木的叶子十分干净能照出人影来，花儿水灵灵的十分艳丽，整个公园里安静肃穆，这沉静就如同史铁生的灵魂，这肃穆就是我此刻的心灵。另一个世界的他此刻和我的灵魂相通着、感应着。地坛的每一棵树下、每一寸草地上都有他的车轮印。神马殿朱红的墙上、斋宫檐头浮夸的琉璃、方泽坛四周苍幽的古柏、古朴的青石小凳，处处能嗅到他的气息，处处能听到他的心跳声，处处能触摸到他的灵魂。我信手捡起他的一串串思考、一片片思绪。在历尽沧桑地等了他400多年的这古园里，他静静地坐在轮椅上，我轻轻地偎依在他的身旁，默默地陪伴着他。还有那古老的园神。这古园仿佛是等他，他又仿佛是等我。他就是我的前世，我就是他的今生。他不想和我说什么，我又能对他说什么？

　　一会儿史铁生就不见了。我急切地环顾四周，睁大眼睛努力地搜寻着，每一个可疑之处都不放过。史铁生真的走了，他"轻轻地走"，正如他"轻轻地来"。我孤零零地一个人待在偌大的地坛公园里。那对曾经陪他的老年夫妇、热爱唱歌的小伙子、最有天赋的长跑家都走了，就连那个漂亮而不幸的小姑娘也被哥哥带走了。我为他点起了一支心香，像一个佛教徒虔诚地双手合十小声地祝愿天堂里的他快乐。因为他而快乐，他的快乐也是我的快乐。我为他燃上一盏长明灯，愿他的灵魂在另一个世界不灭，他的精神将和这地坛一样永存。

　　史铁生的魂魄附在了我肥胖僵硬的躯体上，我就是他他就是我。不知在地坛里待了多久，天色暗淡了下来，公园的管理人下班前开始清理滞留的游人。我像一位夜游症患者，在黎明阳光中清醒。忽然一片树叶飘落在我面前，那也许就是他的灵魂，我捡起那片叶子藏在胸前，又拾起一抔地坛的湿土，小心翼翼地包裹起来，深情地鞠了三个躬，再见吧史铁生。其实此时说再见已是多余的话，因为他和我并没有分开，他原本就在我心里。

走出地坛，大街上的路灯已经亮了，天上的星星闪烁，我踩着昏黄的路灯，沐浴着洁白的月光回到宾馆，一颗明亮的星星伴着我，我走他也走，一直送我到房间里。

北京地坛属于史铁生，史铁生则是我的地坛。

{凤县看凤凰}

凤县并没有凤凰，不过凤县确实与凤凰的传说有关。

看过一出秦腔戏《凤鸣岐山》，那是陕西省戏曲研究院新编的一出历史剧，讲的是西周立国于岐山的历史故事，是根据《国语》"周之兴也，鸑鷟鸣于岐山"的记载而创作的。相传周初，有凤凰鸣于岐山，飞翔于凤翔，而栖于秦蜀甘交接的凤县，这就是古凤州今凤县得名的原因。人常说家有梧桐招凤凰，神奇的是凤县并没有梧桐，却引来凤凰栖息，可见凤县原本就是一片神奇的土地。

龙和凤对于华夏民族来说，是原始的文化图腾标志，象征祥瑞。龙可升天，亦可入地，可腾云，可驾雾，可大可小，幻化无穷。凤即凤凰，可飞天，可栖地，可飞可走，美丽无比。龙和凤都很有灵性和神性，故有龙凤呈祥之说。据说凤为雄，凰为雌，固有凤求凰之说。汉代司马相如以一曲《凤求凰》，演绎了他与才女卓文君的爱情故事，成为千百年来一段动人的爱情佳话。《凤凰台上忆吹箫》《百鸟朝凤》《凤凰展翅》等古琴曲，沿着长江、黄河从古流传到今，成为中华传统音乐的一颗颗闪烁的明珠。

世上原本就没有凤凰，凤凰只是一个美丽的传说。

凤凰和龙是神异之物，凡人肉眼是看不到的。要问今天世间哪一个人见过凤凰，的确没有一个人见到过。传说归传说，毕竟有稽可考。史籍最早关于凤凰的记载见于《山海经》，"有鸟焉，其状如鸡，五采而文，名曰凤皇"。由此大胆推断凤凰其实就是远古时代的野鸡，也许凤凰和鸡同源。民间俗话总是把凤凰和鸡拉在一起，"落架的凤凰不如鸡""宁做鸡头不做凤尾"。后来凤凰不断地被人们神化，成为多种鸟兽的集合体。最终凤凰的形象是麟前鹿后、鸡头燕颔、蛇颈鱼尾、龙文龟背。从此凡人就再也看不到凤凰了。钱越捎越少，话越捎越多。对神异的东西人们总喜欢添油加醋，搞得神乎其神。因而美丽的传说总是不断被美化神化。神原本就是从地上走上神龛、从人间走向仙界的。

无独有偶。正如东方出了释迦牟尼、孔子和老子，西方就出了苏格拉底。西方也有凤凰传说，不过西方 phoenix 则更强调了其重生、复活。在西方神话中，凤凰有"不死鸟""长生鸟"的美誉，是"长生不死"的象征，它还代表着美好事物和美丽的爱情。看来东西方思想有相同之处，也有不尽相同之处。正是这些相同和不同，推动着世界的发展，世界才有今天的大同和多元。

凤县地处秦岭西部岭南，素有"秦蜀咽喉，汉北锁钥"之称。凤县是华夏民族祖先最早的活动地之一，远古时期就有人类的足迹。传说周人在这里看到了栖息的凤凰，秦人曾在此建立最早的国都。秦蜀之间山高路险多阻，"难于上青天"，凤县这段道还算平坦并不十分难走，凤州道是秦蜀重要的通道之一。因而凤县境内古道颇多，上至周代所建的故道、汉时修建的褒斜道、南北朝时修建的回车道，下到元代修建的连云栈道。一条条古道，记录着古人的悲欢离合；一条条古道，见证着朝代的兴衰；一条条古道，诉说着历史的沧桑。

刚刚踏上秦岭深处凤县土地的那一刻，我就被七彩秀色所迷住了，可谓一见钟情。春风里的凤县如同一朵美丽的鲜花，招蜂引蝶；恰似一位婀娜多姿的妙龄少女，引来无数的追求者，看上一眼就如饮了一杯法国葡萄酒让人沉醉。你看坡上黄灿灿的油菜花、连翘花在微笑，路旁雪白的梨花在酸溜溜地歌唱，树丛间粉红的山桃花在呢喃漫语，山沟里紫色的红叶李在翩翩起舞，漫山遍野的新绿和旧绿染绿了客人的肺，红色的革命遗迹洗礼着每一位来客的灵魂……我看到了一只七彩的凤凰栖息在秦岭的深山之中。谁说凤县没有凤凰？

在凤县的古道、山涧、河畔，我们看到一个个古代诗人、现代革命者的足迹和身影。这是王勃的脚印，那是王维的履痕，近处是杜甫的背影，远处是陆游的飘带，在褒斜古道上我弯腰顺手捡起一串林则徐的马蹄声，轻轻地攥在手里，生怕掉了。在凤州我还听到了习仲勋老人家当年稳健的脚步声。王勃"宝鸡辞旧役"，一路风尘仆仆至"仙凤历遗墟"。杜陵野老走在"云光开竹石"的凤州地上，陶醉于"秋色老林泉",他看到了"缘径崖花紫",在春风里"凌风梵磬清"。摩诘居士看到"漾漾泛菱荇"好不欢喜,望着"澄澄映葭苇"进入了禅境,"飒飒松上雨,潺潺石中流"多么的空灵。陆游到了凤州城"城郭秦风近",在乡村里远远听到"村墟蜀语参"。林公则徐自知"官如酒户力难任",尽管"身比秋林瘦不禁"但是抱定"漫拟沙场拼热血"的决心,"忽窥明镜减雄心"。习老正为两当兵变而奔走,凤州洒下他滴滴汗水。

凤县也是中华民族航天事业的凤凰涅槃处,新中国的航天事业就是从凤县起步,进而得到跳跃式发展。昔日古羌氏等少数民族聚集区偏僻的穷山区,进入新世纪后不断地绿化美化,挖掘筏子舞和板凳龙等羌族文化,大力发展旅游业,这只凤凰今天实现了重生。

回到西安,我还沉醉于七彩凤县之中,好几天都走不出来。亦痴亦傻亦癫,似乎中了邪,仿佛回到了恋爱时代,真有"有一美人兮,见之不忘。一日不见兮,思之如狂"的感觉。

"世人都晓神仙好,唯有美人忘不了。"真忘不了凤县。忘了吧,忘了吧!

{乡愁里的朱家湾}

余光中走了，把乡愁从人间带到了天堂。

"看得见山，望得见水，记得住乡愁。"是这几年人们谈论最多的话题之一，"乡愁"也成为网络热词之一。这也许是社会从物质时代到精神时代的一个侧面反映。

我不禁想起了乡愁里的一个小山村，它就是秦岭深处柞水县营盘镇朱家湾村。朱家湾村是中国最美的休闲乡村之一，也是新时代最美的乡村。朱家湾里有乡音、有乡情，更有乡愁。那里有我们抹不掉的胎记，有我们挥不去的记忆，那里就是我们灵魂的栖息地。

春天走进朱家湾。乾佑河春水唱着渔鼓一路撒着欢，两边满山新绿点点山花，氧气四溢呼进去的全是绿色，染绿了鼻腔染绿了肺，竟然吐出的也是绿色。这里的房子竟然也会呼吸，大口大口吸进高氧离子。绿柳摇曳，格桑等各种花儿舞动，山雀展喉歌唱，喜鹊枝头翩翩起舞。农家屋前房后水渠里草嫩水翠，蝌蚪游弋，野生小鱼嬉戏。大葱、蒜苗、韭菜、菠菜等蔬菜绿油油嫩闪闪，黄灿灿的油菜花儿零星地散落着。来到朱家湾如同走进了唐诗，走进了水彩画中，好一幅山水田园风光。走进云林小屋，一座座青砖泥墙、木楼黛瓦的陕南农家小院古色古香，仿佛回到几千年前。走进室内，精致的装修如同五星级宾馆，现代、时尚、传统、典雅在民居里融为一体，正可谓"室外五千年，室内五星级"。不远处一座美式的乡村客栈别具一格，走进去一股浓浓的美国西部乡风扑面而来，在秦岭深处也能享受到美式风情不能不说是件快事。

夏天走进朱家湾。花锦园民宿区入口桥栏杆下荷花荡漾，花博士花圃里金菊盛开，黄澄澄的，民居前地里向日葵金灿灿的，石板石子小路古色古调，路边偶尔会有几处碌碡、石磨盘和柴垛，泥草矮墙布瓦影墙点缀着一盆盆草花，摆放着瓦罐、瓷坛。路沿渠边还会有几辆老式的二八自行车、几把旧的铁犁。山沟流下的溪水经过工匠精心打造变成一股喷泉，流水淙淙，清澈鉴人，让浮躁的心一下子清静了。泥墙上挂着竹筛子或者水曲柳簸箕，橡头、柱头挂着一串串陈年玉米棒穗，一撮撮高粱穗，一串串红红的辣椒，让游客的灵魂一下子找到了家。走进一座座院落，既能感受到关中风情，又能领略陕南韵味，还能体验东瀛起居。院内外充满古朴自然的空灵禅意，让人有点出尘入胜之感。看，民宿前空地上，一群年轻人一边烧烤，一边又是唱歌又是跳舞。那红红的篝火，邪欢乐的歌声，那优美的舞姿，那爽朗的笑声，让夏夜的乡村兴奋不已。

秋天走进朱家湾。满山秋色惹人醉，这里一片绿，那里一片红；这里一点黄，那里一点紫，色彩斑斓就如一幅天然的油画。那绿、那红、那黄、那紫是那样的浓那样的亮，仿佛马上就要流溢出来。玉米秆上搂着胖乎乎的棒子，那红缨缨如女孩头上的红头绳。满地向日葵，一个个沉甸甸地低着头信心满满的。萝卜用力挤出头，白菜用劲收着腹，红薯叶子不停地招着手。拔出一棵大萝卜，擦掉泥咬上一口，又脆又甜。农家门前堆着毛栗子一个个裂开了口，一堆堆核桃青皮开始发黑。一位老人正圪蹴着低头剥栗子。一个如花似玉的姑娘，好奇地上前帮老人剥栗子，一不小心毛刺扎进玉指，血一下子渗了出来，鲜嫩洁白的皮肤上绽放着出一朵红梅。姑娘的眼泪掉了下来，引起大家哄堂大笑。

然而朱家湾村过去是秦岭南坡有名的穷山村。地处秦岭南麓乾佑河源头，虽说离古城西安只有90公里，但交通不发达的年代隔着一座大山简直就是两重天，当地流传着"老林头，朱家湾，除了石头就是山。村民吃的山野菜，照明得靠松油灯"。山坡地，山果树，吃穿全靠老天爷。老天爷高兴了，风调雨顺有些收成还可勉强填饱肚子，老天爷稍微一不高兴，脸色一变干旱雨涝，庄稼、果树歉收就缺吃少穿。村里的姑娘大多嫁到山外，小伙子们不少也招赘到山外，村子人口一年一年减少。男人们纷纷跑出去打工，村子里剩下老的老小的小、病的病残的残，连鸡鸭都懒洋洋的，狗也没了精神，整个村子都病恹恹，气有点不够用，只有山上的树郁郁葱葱让人能感受到生命存在。

穷则思变。前些年随着西柞高速的开通、秦岭牛背梁自然保护区公园的建成和秦楚古道的发掘，村民们依托旅游办起了农家乐。靠山吃山，靠水吃水。来到秦岭天然氧吧，走进朱家湾村农家乐，淳朴热情的朱家湾人端上柞水十三花、八大件等传统美食和柞水炒三样、洋芋糍粑、搅团、粉皮、腊肉、大红栗、黑木耳、核桃、孝义柿饼等特色食品和特产招呼每一位游客。夏季朱家湾农家乐可火爆了，房前屋后、路边河沿，横的竖的斜的顺的停满了各式汽车，简直就像走进汽车博览会。树荫下、河道边、花圃旁、庄稼地头、农家小院阴凉处全是游客。农家乐吃饭竟然排起队来，午饭成了流水席，一波一波，农家忙得不亦乐乎。人工湖上泛舟的，乾佑河里漂流的，各沟道里纳凉的……朱家湾成了西安人避暑休闲的最佳去处。

山里山外农家乐遍地开花，农家乐生意开始不那么好做了。变则通，通则达。朱家湾人未雨绸缪，2015 年起他们开始新的涅槃，实现化蛹成蝶，他们利用公司＋农户方式发展起高端民宿，满足不同层次的消费。公司将农户的房子租赁，统一装饰装修打造高端民宿，农户到公司打工收拾看护自家院落。与此同时朱家湾人着力打造"五美"乡村，发掘乡村文化和乡村精神，为城市人的灵魂打造了一块栖息地。

如今到了朱家湾，"来了不想走，走了还想来"。

进入新时代，朱家湾的山、朱家湾的水，让我记住了乡愁。

{槐眼}

"大槐树，我终于回来了。"

站在一代大槐树遗址碑亭前的那一瞬间，我的心跳突然加快了，手也有些颤抖，竟然有些抑制不住地泪眼婆娑。足足有五分钟，并不去擦。那是流浪汉回到了阔别多年的家，那是漂泊的游子见到了父母。

"回来了，回来了。"我动情地默默地对大槐树说。600年后，我第一次回到了大槐树下。带着祖祖辈辈的夙愿，带着那些飘荡不安的灵魂。此刻那轻飘飘的灵魂忽然厚实了，实实在在地落到了大地上。"回来了好。"一个苍老如黄钟大吕的声音在我的头顶回荡。说话之间大槐树那双眼睛里泪水涌流，那双槐眼像刀刻在我的心底，

永远定格心间。

　　大明嘉靖年间的那个晴朗的春日上午，注定让世世代代忘不掉。那个春日，天是那样的蓝，云是那样的白，阳光那样明媚。我和我的祖先们却怎么也高兴不起来，我们将要离开世代居住地，到达一个陌生的荒无人烟的地方，去建设一个新的家园。我们不情愿地从官兵的手上领取了"凭照川资"，离开了广济寺，与那棵郁郁葱葱的汉槐告别。我和我的祖先们含泪踏上了迁徙之路。

　　按照官府的规定，"四口之家留一，六口之家留二，八口之家留三"。白发苍苍的王氏婆婆和两个儿子（我的祖先们），不得不与亲人们挥泪告别，拖家带口各奔东西。人老成精，树老成神。这棵汉槐已经是神中之神。离开汉槐时，一大家人面对汉槐跪倒，在王氏婆婆的带领下重重磕上三个响头。此时忽然汉槐上空飘过一片乌云，遮住了阳光，竟然下起星星点点的阵雨。婆婆喃喃细语，顷刻间已泣不成声。儿子搀扶起老人，老人止住了哭泣，拍拍衣服上的尘土，一家人起身上路。

　　王氏婆婆一家人和移民大军，在官兵的监督下浩浩荡荡顺着官道南下。故土难离，老人一步一回头，汉槐越来越远、越来越小、越来越模糊。这时白云驱走乌云，天又放晴了。一家人最后回头再看一眼那棵汉槐，树上一个大大的鸟巢，几只小老鹳正围着一只成年老鹳，老鹳给儿女们梳梳羽毛，挠挠痒痒，教它们飞翔。看到树下这么多人悲悲戚戚，老鹳一家竟也愣愣不语，一个个耷拉着脑袋。老人家叮嘱儿孙们，一定记住大槐树，后代要问起我们来自哪里，我们来自大槐树。老人一边走，一边教儿孙们念："问我祖先何处来，山西洪洞大槐树；祖先故居叫什么，大槐树下老鹳窝……"

历史倒回到元末明初。当时天下大乱，民不聊生。可以说既有人祸，也是天灾。蒙古统治者横征暴敛，桀骜不驯的黄河和淮河像冲出樊笼的野兽，一路狂奔，一路肆虐，瘟疫又多次流行。福无双至，祸不单行。接着又连年发生蝗灾，庄稼绝收。流民四处飘零，不仅民食蝗，有些竟然吃起死人的尸首。"禾不入地，人相食""民间五杀其子而食之""军士掠屠弱以食"（《元史·五行志》）。灾难让人们失去了理性，饥饿让人们暴露出原始的兽性，死神让人们变得残忍。一切生物都把生存作为第一意识，何况人呢？从洪武年间起官府开始进行大规模的移民，南北之争的靖难之役后，灾患加剧，好多地方室空人无，大量的良田荒芜。我们就是嘉靖朝移民长安的。

王氏婆婆一家，在官兵的驱使下一路南下，到了潼关越过黄河，进入关中平原，历时几个月来到西安府南。一家人在长安八水之一的洨河南岸，搭起茅棚定居了下来，开荒种地，劳动生产。村子遂命名为王婆村。清嘉庆年间，在村南挖城壕时，挖出一眼清泉，村子改名为泉子头。在泉水的上方，栽上三棵槐树以示纪念。这是清嘉庆年间《长安县志》关于我们村子的来历的记载。

记事起，三棵大槐树下就是我们孩子们的乐园，也是村里老碗会的会场、夏天纳凉福地。那时在村口大槐树下，常听村里的老人说，我们来自山西大槐树。老人们还说，从山西大槐树来的人都有两个特点，"走起路来背抄手，小拇指甲是两个"。对此我总是半信半疑。传说祖祖辈辈留下来两句话，"谁是古槐迁来人，脱履小趾验甲形"。是真是假不得而知。小时候，我并未在意这些传说。近年来常常留意起村碑来，间或回到村里忘不了去看看村碑。遗憾的是我们这一支从山西迁徙而来的王姓，600多年来并没有出过名人，也无伟绩可述。世代耕种为生，绩麻耘田，祖辈亦无读书之人，因而连一本家谱都未曾流传下来。随后查阅古今《长安县志》："建于明嘉靖元年，原名王婆村。时有王氏兄弟二人携老母和妻子由山西洪洞大槐树广仁寺大槐树下迁来定居……"

水有源，树有根。水从源流，树从根生。世界上从来没有无源之水、无根之木。这次山西洪洞大槐树寻根之旅，至今记忆犹新。

那棵汉槐即一代大槐树，已在清顺治年间被洪水冲毁。如今仅留一个遗址和民国初年修的一座碑亭。我很是失望，心里空落落的。聊以自慰的是，大槐树的根生命力却很旺盛，旁边已生二代大槐树和三代大槐树。二代大槐树也已400多年，树干高大，根深叶茂，树冠足足有十多平方米。三代大槐树也超过百年了，年年新绿，岁岁成荫。当地政府已把它们保护起来，在树下用汉白玉栏杆围起来，以供前来寻根祭祖的人膜拜。树前立起石碑，各书写二代大槐树和三代大槐树，树上悬挂着名贵树木的牌子，镌刻着两棵槐树的来历。树上挂满红、黄两色的吉祥带，成为一道亮丽的风景，成为两棵槐树高贵的标志，也成为祭祖的文化符号。

《周礼·地官·大司徒》记载，槐树是西周时的社树之一。不少地方有门前植槐树的习俗，"门前一棵槐，不是招宝就是进财"。这也许就是当年明朝官府把移民的出发地选在大槐树下的原因。

二代、三代大槐树眼里亦是泪流不止，心情十分复杂，深情地看着我。我读懂了大槐树的眼睛，大槐树也悟透了我的心思。不知其他人是否看懂了槐眼流露的秋波？

　　当我转身离开的那一瞬间，又一次抬头去看那双眼睛，竟有些不忍。离开之后，老感觉有一双眼睛看着我，我的一举一动、一言一行都逃不过那双眼睛。原来那槐眼一直看着我。

　　我明白，那大槐树就是放风筝的人，我就是一只在天上飞的风筝。

伍 长安絮语

奇怪的是，白水喝得多了，竟然
喝出了茶味，喝出了酒味，喝出
了诗味，喝出了好多好多味道。
原来白水里有山有水，有天有
地，有诗有画，有情有义，有世
界，有历史。

｛本命年说命｝

农历 2017 年是丁酉鸡年，也是我的第四个本命年。

农历年前，妻子早早到超市为我精挑细选了红裤头、红内衣、红袜子、红腰带。除夕晚上，新年的钟声敲响了，当央视春晚落下帷幕之后，细心的妻子把它们平展展地叠放在床头。初一，我从头到脚一红到底，从脚到头一红到顶，但愿一年到头生活在红红火火的世界里。妻子还是不放心，一大早又虔诚地从金仙观请来带着神仙气的黄色道符，恭敬地从延福寺请来在佛堂里开过光的红色丝带，就像买了多重保险，才觉得心里踏实些。

妻子的一位同事，儿子在澳大利亚读博，恰好今年也是本命年。马上要毕业了，功课很紧，春节不能回来。她早早就给儿子准备了红裤带，腊月初上就寄出去了。三十晚上，又千叮咛万嘱咐，让儿子一定勒上。"慈母手中线，游子身上衣"，一根红裤带，慈母一片心。

本命年，也就是俗称的生肖属相的这一年，每十二年一次。关于本命年的说法，据说起源于西汉时期，距今 2000 多年了。十二生肖文化是中国独特的民俗文化之一，也许与我们民族的原始图腾有关，也许与汉字起源有关。本命年文化在唐诗宋词里信手拈来，如白乐天的"梦得君知否，俱过本命年"，陆放翁的"绛人甲子君休问，新岁吾儿本命年"，方回的"九还未悟长生诀，七袭初开本命年"等等。

民间认为，"本命年犯太岁，太岁当头坐，无喜必有灾"。民间大多数认为本命年流年不利，运势不顺，为避凶就吉，就有"扎红"的年俗，俗称扎红裤带。

红色是太阳的颜色，象征着生命的光辉，红色是火焰的颜色，象征着生命的热情，红色也是血液的颜色，象征着生命的力量。红色在中国是吉祥色，能辟邪，能化凶，能就吉。红色代表着喜庆、成功、忠勇和正义，远古时代起人们就非常崇拜红色。红色影响着汉族人生活的方方面面，生活中无处不有红色：过年过节过喜事挂大红灯笼，贴大红对联、福字、喜字、窗花，婚礼习俗中的红嫁衣、红盖头、红被子、红床单，祭祀时的红蜡烛、神字，题名高中时的红色榜文，表彰的光荣榜，当选的公告，学业完成时的红色毕业证，红色的请帖；秦腔戏曲里也有红生这一行当，诸如《古城会》里的关公、《墩台挡将》中的康茂才……

本命年"扎红"的习俗，民间影响十分广泛，人们非常重视。这是一个母亲非操不可的心。遇到儿女本命年，母亲早早就准备红裤带、红背心、红裤头。煞费苦心的商家也不放过这一发财的时机，每每腊八节刚过，街上都是卖红绸子和红绣丝吉祥带、吉祥结、吉祥链的，抬眼望去，到处飘着红，早早就把年味带给了人们。

我的前两个本命年，都是勒着母亲亲手做的红裤带度过的。那时母亲健在，虽然已年迈记性不行了，身子骨也不怎么硬朗，但是对于本命年勒红裤带一事，母亲却记得牢牢的。闪上腊月母亲就整天念叨着，扯来一卷红头绳，戴上老花镜，在暗淡的白炽灯下，一针一针织，一线一线缝。昏黄的灯光把母亲的影子拉得更瘦更长。一条红裤带，耗费了母亲好几个晚上的心血。但母亲并不觉得劳累，精神头十足，边织边念叨，边缝边絮说。那种高兴写在老树皮般的脸上，那种喜悦闪现在混浊的眼里，那份祝福洋溢在白发之间。一条红裤带，勒在我的腰间，牵着娘的惦念；拴着的我的吉祥，系着母子的心。

本命年不顺利，或许有一定的道理。孔老夫子讲"三十而立，四十而不惑，五十而知天命，六十而耳顺，七十而从心所欲不逾矩"。在人均寿命不长的年代里，十二年对于一个人一生来说是一个比较长的阶段；从生理和心理发展角度讲，每十二年可以作为一个发展的阶段。本命年恰恰就是年龄段与年龄段转换的转折点，在转换时必然有一些重大的变化，这个过程中就会有暂时的不适应，因而可能会产生一些小小的挫折。著名作家、学者刘心武在《迈过本命年的坎坷》的文章里，也从心理发育的角度就本命年对人的影响上做了深入的探讨。本命年流年不顺的说法，对人有一种强烈的心理暗示，影响着人这一年的思维方式、处事方法，因而会出现一些不太如意的事，人们就更加坚信本命年运气不顺的说法了。

本命年是否就一定流年不顺运气不佳，其实也未必。宿命论者认为，"人的命天注定"，民间有"生死有命，富贵在天"和"生有时，死有地"的说法。外界环境确实对人有一定的影响，但自身的状态才是关键因素，特别是生理和心理的状态。古人讲"天时、地利、人和"，当然"天时不如地利，地利不如人和"，人和是最重要的因素。人命并非天定，荀子认为"人定胜天"。用现代话来说，人的命运某种程度掌握在自己手里，取决于自己的努力程度。从古至今无数事实证明了这一点。明代长安老乡邹应龙本命年高中状元，最后官至尚书。好些人本命年不但没有出现灾祸，相反鸿运当头喜事连连，也许应了民间那句话"人有三年旺，神鬼不敢撞"。细细回想起来，我的前几个本命年也挺顺利的。忽然想起明代的一首本命诗，诗云："人生如梦几本命，风水轮流循规律。一生已过三十六，顺其自然意气发。"顿时醍醐灌顶，"循规律""顺自然"本是事物发展的天道，何必在意本命年不本命年的。

当然本命年"扎红"表达了人们的一种美好愿望、对生活的一种希冀。本命年原本也是平常年。

本命年其实就是一个年俗，就是一种文化。说到底，人的命全在自己。

{狗年说狗}

明了黑了，黑了明了。日头落了，月亮升了。春花谢了，秋霜撒了。暑去寒往，不觉又是一年。一年又一年。转眼已进入了农历戊戌狗年。

说起狗大家并不陌生。狗是"六畜"之一，也是人类最早驯化的家畜。记得小时候过年，后院里还贴着"六畜兴旺"小横红条。在农村有看家护院的狗，在城市有宠物狗，看家狗高高大大叫起来分贝很高，宠物狗小巧玲珑吠时娇声娇气。不过看家狗没有宠物狗幸运，宠物狗不仅吃香的喝辣的，而且穿衣服，狗模人样，被人唤作儿唤作女。这世道真奇怪，人进城贱了，狗进城却贵了。

狗的嗅觉非常灵敏。遇到陌生的气味狗非常敏锐，鼻孔张得大大的，东嗅嗅，西嗅嗅，前嗅嗅，后嗅嗅，仔细分辨，确认是陌生气味就会汪汪叫个不停。警犬常常帮助警察破案，救生犬在地震等灾害发生以后帮助救援人员搜救幸存者。

狗的听力异常。夜晚，只要稍有风吹草动，狗两只耳朵就会竖起来，耸耸的，努力听着。对着月亮，对着黑夜狂吠一通，仿佛要把沉睡的黑夜叫醒。白天尽管喧闹，狗即使扯长身子慵懒地卧在那里，呼呼大睡，但只要听到声响就会一骨碌爬起来，对着声响方向扯着嗓子吼个不断。狗的警惕性很高，不管是白天还是夜晚，无论是明月当空，还是漆黑一片，狗睡得都很醒，似睡非睡，随时保持高度警惕。

狗很聪明，也很识相。狗通人性。在乡下骂人说笨得像猪一样，狗比猪聪明多了。狗见了熟人一声不吭，甚或热情地和熟人打招呼，在熟人身前身后蹭来蹭去，十分亲昵。见了生人立即扑上前去，汪汪汪地叫个不停，但是只要主人一声喝止就立刻闭口不语，乖乖地摇着尾巴躲在主人身后。主人高兴的时候，狗就围着主人转来转去，耷拉着舌头舔来舔去，不时伸出前爪摸摸主人，不断地讨好谄媚，很是骚情。有时主人还会赏给狗一些好的吃食，狗跳着跑着张开大嘴接住，在一旁兀自享受。主人烦躁的时候，狗轻声细气、摇摆尾巴，把主人跟前跟后。主人一声怒骂，或者一脚踢开，狗热脸碰了一个冷屁股，知趣地悻悻卧在一旁，但是并不走开，而是默默卧在不远处静静地看着主人。不过狗并不怨恨主人，毕竟是自己的主人而不是外人，再说主人不拿它撒气又能向谁发脾气？它理解主人。

狗对主人很忠实也很仗义。在六畜里狗对主人最忠实，主人也最喜欢狗。狗一旦生在一个家庭，就很爱这个家庭。哪怕这个家家徒四壁，哪怕这个家一贫如洗，哪怕这个家吃了上顿没下顿。狗不嫌家贫，儿不嫌母丑。世上狗不嫌家贫是真的，但真有极少数儿子嫌母亲长得丑，这一点狗比人强。狗很仗义，在家里除了看家护院，有时也逮老鼠，帮助主人看娃，保护鸡鸭鹅。人认为狗逮老鼠是多管闲事，但是狗并不这样认为。在狗看来只要是这个家里的事都不是闲事，都是它该管的事。义犬比比皆是，忠实的人到不是很多。曾看过一个报道，台北一位开餐馆的单身老人，见到一只饿得黄杆蜡瘦的流浪狗，老人很可怜这只流浪狗。每次流浪狗张着嘴巴，耷拉着尾巴，饿兮兮来到餐馆，善良的老人就会用客人吃剩下的饭菜去喂这条流浪狗。这只流浪狗每天守在老人的餐馆门口，于是后来老人收留了它。从此老人与之相依为伴，日子也不再孤寂。三年里流浪狗有时帮老人提东西，有时帮老人取物品，有时陪老人遛马路。老人生病被女儿送进医院，狗留下来替老人看家。老人不幸在医院病逝，狗全然不知，独自在家里等了整整一个星期。老人头期，他的女儿带着狗去公墓看望老人。在老人的墓前，这只狗十分悲伤，围着墓碑转了几圈，留下一串串伤心的泪水。回家后，狗竟然绝食，三天后随着老人而去。最后兽医发现它的舌头上有几个洞，竟然是咬舌自尽的。这是一种生命对另一种生命的忠诚，真是一只忠义犬，可以写进忠犬列传了。

不过我一直不太喜欢狗。也许因为我生肖属鸡，十二属相里鸡和狗不合。也许纯属是一个巧合。在我的记忆里，我家养过鸡、槛过猪，养过鸭、槛过牛，养过猫、槛过羊，养过鹅、槛过兔，就是从来没养过狗。我眼见过母鸡下了蛋以后咯嗒咯嗒向主人邀功的时候，好表现的狗不乐意了，愤愤叫上几声吓唬吓唬母鸡，生气的时候还会扑上去佯装咬上几口。

狗对主人和外人态度截然不同。狗对生人很势利。狗见了穿戴华贵的人一声也不敢吭，专咬那些衣衫褴褛的人。正所谓"狗咬穿烂的，人为有钱的"。狗眼睛视力只有人的三分之二，因而目光短浅，看人只看表面，人们常常骂狗"狗眼看人低"。狗很会仗人势，遇到当官的有钱的主人，狗的势也就大了，仿佛自己就是官自己很有钱，脖子高高扬起，满脸严肃，神气十足。正是这样，有时人们也很讨厌狗，骂人的时候常常指桑骂槐，对恨的人咬牙切齿，嘴里却骂的是"狗日的"，好像这世界上狗最坏，坏事全是狗干的。狗很冤枉，却有口难言无处申辩，只好替人挨骂。

不过这也不能完全责怪狗，要怪还是怪人。虽说是狗通人性，但狗毕竟不是人。人是吃饭的，狗毕竟是吃屎的，话说回来狗也是跟人学上的。再说这年头人都很势利，更何况狗呢？人何必和狗计较？狗咬了人，人却不能也去咬上狗几口啊。这年头狗咬人已不是什么新鲜事，人咬狗确实有点新奇。人若真的去咬狗了，不仅满嘴毛，肯定还会成为网红。

狼吃肉狗吃屎。吃肉是狼的本性，狼的本性凶残。吃屎是狗的本性，狗的本性卑贱。人们常骂人改不了坏毛病，就说"狗改不了吃屎"。江山易改，本性难移。狗改不了吃屎，就如同坏人是不会改好的。因为狗生来就卑贱，坏人骨子里就坏。狗最多是啃骨头，毕竟是人驯养的，要比狼善良得多。

狗毕竟是狗，狗的脑容量不到人的三分之二，再聪玥的狗也不如人聪明，因而俗语把出的主意并不高明或专出坏主意的人叫"狗头军师"。主意是人出的，大家不骂人却要骂狗。可怜的狗，只会叫唤不会说话，一肚子的冤屈无法辩白。

狗的寿命原本不长，一条狗很难活到老。狡兔死，走狗烹。当狗咬不动了的时候，狗的肉也就熟了。狗就会被剥了皮，吃了肉，喝了汤。不过主人是不会这样做的，主人会把狗给别人，至于别人剥皮、吃肉、喝汤，那就不关主人的事了。人比狗聪明，人比狗虚伪，人比狗残忍。可怜的狗。狗能老死就是一种幸福。

但愿狗年狗能走运，但愿所有的狗都能老死。

{乡村的狗叫声}

从前乡下狗的叫声是红色的，鸡鸣是白色的，牛哞是绿色的。狗叫如雷，炸裂干脆滚滚而来；鸡鸣清脆，如流水行云轻轻扬扬；牛哞如沉吟如老车，缓慢低回。

从前乡下村子人多狗少，人白天喊，狗晚上叫。白天人大声说话，狗偶尔叫上几句，人声高过了狗声踩着狗声，狗声淹没在人声里。夜里劳累了一天的人们乏了，鼾声忽高忽低时缓时急跌宕起伏，睡得很香，睡得很死。院子里的树、墙头上的草、圈里的猪也困得睁不开眼睛，沉沉睡着了。满天星星昏昏欲睡，月亮也揉着惺忪的睡眼。狗白天在太阳底下偷着打盹，到了晚上瞌睡少，睡得醒。人鼾声小，狗吠声大。狗白天攒够了精神，漆黑的夜晚稍有风吹草动，

狗就仰着脖子张口对着月亮和星星叫个不停。狗爱起哄，一个叫起来一群跟着叫，越叫声越大，越叫越兴奋。偶有偷鸡摸狗的小毛贼窜进村，全村的狗就一起狂吠，把沉睡的村子叫醒了，把黑夜炸个窟窿。狗叫声让小毛贼心慌意乱，哪有胆量偷东西，只好无奈地溜走了。人懒得起来，知道有狗值守，毛贼不敢偷东西。

狗很聪明，人们常说灵得像狗一样。狗的叫声之所以大，是因为它知道有人给它壮胆，它吓不走贼，人就会起来抓贼的。那时狗的叫声像火一样红，映红了黑夜，像闪电一样强烈，照亮了夜空，小毛贼的心哪能不颤抖？狗叫了一阵子，又睡了。后来轮到鸡叫了，鸡一叫天就明了。鸡叫的是白色，爬上了狗叫的红色的脊背，牛哞的绿色又压住鸡叫的白色，骡马农具和人的嘈杂声又浮在最上层。热闹的一天又开始了。

如今狗的叫声也变成黑色的，没有了鸡鸣，没有了牛哞，没有了骡马农具嘈杂声。

现在村里人越来越少了，人们像潮水一样都涌进了城里。男人进城打工了，娃们进城上学了，女人搬进城里陪读了。一帮老汉老太太守着祖祖辈辈留下的院子和日月，蜷缩在空荡荡的房子里孤独地消磨着光阴。明了黑了，黑了明了，一天一天又一天，连房子也开始起褶、掉皮了。

人少了，狗却多了。只要屋里有人的都会养上一只狗，既为看家，也为陪伴。狗通人性，懂得年轻主人的意思，忠实地履行着年轻主人的责任。人少寂寞，狗多热闹。白天老汉老太太们三五成群坐在街道晒着太阳，话说了好多遍，都已经没有话题说了，于是静静地坐上老半天，一言不发。狗偶尔和老人一起出门，街上狗伫见了面又是拥抱，又是亲昵，有着"说"不完的"话"，"谝"得好热闹。狗声淹没了人声。

日暮时分回到屋里，老太太实在闷得慌，把舍不得丢掉的旧家具擦来擦去，把地从外扫到里从里扫到外，一遍又一遍。老太太晃得老汉心烦，一边磕着旱烟锅子，一边大声地训斥着"死老婆"。一会儿两人相对无言，屋子静得像住了呼吸一样。狗也觉得无聊，想逮老鼠，却一只老鼠也看不到。几缕晚饭的炊烟有气无力，很快被风吹散了。有些人家竟然连炊烟也没有。炊烟是乡村的气眼，没有了炊烟的村子就不出气了；炊烟是乡村的根，断了根乡村离死就不远了。

人老瞌睡少，有老人值守狗就可以睡个安生觉。夜晚稍有动静，老太太就嘟囔老汉搭个声，惊醒一下。老汉重重地干咳几声，骂上几句。狗也不能偷懒，懒洋洋地叫几声，算是帮个腔，不过叫声也不那么响亮，音量也没有那么高，显然有些胆怯，毕竟底气不足，狗最聪明，屋里只剩下了老人，万一有贼老人们无能为力，自己也可能被打死剥皮吃肉。狗叫声像夜晚一样漆黑，黑得无力，黑得孱弱，黑得无奈。狗不停地叫着，叫一叫就没劲了，干脆不叫了。

狗叫累了，天也就明了。老汉起来，蹲在炕边，吧嗒吧嗒地抽起了旱烟，火星忽明忽暗，老汉的脸忽晴忽阴，青烟丝丝缕缕轻轻悠悠。寂寞的一天又开始了。老人们寂寞的心长荒了，长疯了。说不定有一天村子也会长荒了，长疯了。

夜夜如此，说不定狗有一天会挣死。狗死光了，村子还能活多久……

{老张的共享汽车新生活}

去年秋天办理了退休手续后，老张就回到家里，开始了他的退休生活。

第二天一大早老张像往常一样，头发梳得光光的提上用了几年的皮包换鞋准备出门。

"老张干啥去?" 妻子李嫂带着惊奇的目光看着丈夫问道。

"上班去。" 老张脱口而出。

"你都退休了，上的哪门子班?" 李嫂异样地瞅丈夫调侃着。

老张满脸窘态，尴尬地笑了笑，略带自嘲地说："是呀，退休了，上的哪门子班。" 他放下皮包，又脱了皮鞋，磨磨沓沓地退回门里。

　　吃罢早饭，李嫂拉着丈夫一起去小区的文化活动中心。老张说什么也不去，李嫂只好一个人悻悻地出门下楼。老张独自一个人整理着从单位带回来的物品，满脸失落，暗淡的眼睛里全是迷茫。整理完旧物品，一个人呆呆地望着窗外小区里半塘枯荷、满地黄叶，心头泛起一丝悲凉，哼起了秦腔"河东城困住了赵王太祖⋯⋯"。

　　连续一个星期老张竟没下过楼，整个人苍老了许多，凌乱的头发白了好多，眼睛无光，颧骨也高了。这下可吓坏了李嫂，周五晚上火烧火燎地打电话，十万火急叫回了在小寨工作的一双儿女。

　　儿女走进门，老张眼睛如同夜空里的闪电一下子亮了，又像一眼清泉立马活泛了许多。"看来老爸是得了退休不适症，爸当了一辈子科长是大忙人，猛然间闲下来不适应。"女儿调侃着老张。

　　"爸一辈子在单位活的大人，家太小了，爸英雄无有月武之地。"儿子一边坏坏地笑着。

　　老张心想："还是知父莫若子。"

　　儿女拽着老张一路春风地走出了小区。看到了几辆小红车，"老爸，骑上单车去郊外赏秋去。"儿子提议道。"就是，秋景太美了。"女儿附和着。儿子掏出手机，对着小红车二维码轻轻一扫开启了车锁，一抬腿跨了上了去。老张稍显窘态，脸也微微有点泛红。还是女儿心细，赶快过来教老爸操作。

　　老张在机关待了一辈子，虽说是原则性很强，但人并不古板，处事灵活简直可以说是单位里的不倒翁"代代红"，任任局长手里都很吃香。在单位虽说老张年龄有点大，不像年轻人那样时髦，但是一点也不落伍。QQ热的时候，老张也玩QQ一点不输给年轻人。刚兴起微信，老张就是区里用微信较早的为数不多的人之一。老张和年轻人一样是淘宝、京东的常客，滴滴打车、微信转账样样都会，是"扫一扫"高手，同龄人简直有些羡慕嫉妒恨。马上要退休了，有点焦虑，老张失去了往日的激情，退休前的一年多有点小落伍。

女儿帮老张下载了摩拜软件，打开微信支付了押金，接着扫码。老张像小学生一样仔仔细细地看着，又按照女儿教的认认真真操作了一遍。爷儿仨骑上小红车，一路奔向环山路。难得的好天气，一扫近月的灰蒙蒙。出了城区满眼秋意，金黄的银杏、火红的五角枫、斑斓的国槐、新犁过的黄土地、纤弱的麦苗，五彩油画般的秦岭，不是春天胜似春天。"春天是青春美，秋天是成熟美"，老张的心里也热乎了些，竟像喝了陈年西凤酒一样浑身舒坦坦的，一时兴起竟唱起了秦腔《徐策跑城》："往日行走走不动，今日行走快如风……"顿时觉得身也轻了，腿也有劲了，小红车也利索多了。看到老张开心的样子，儿子和女儿互相挤眼竟然放声笑了起来，老张自己也跟着笑了起来。"真是老小老小。"儿子说道。

这下老张在家里待不住了。尝到甜头的老张像抽了大烟一样上瘾，三天两头往外跑，买菜、访友、登山、回乡下老家，干啥都是骑着共享单车，简直离不开共享单车了。今天是小红车，明天是小黄车，后天是小绿车，老伴说老张简直成了"柳不够"（关中方言，戏谑人风流不安分）。那种热情比年轻人高涨得多，像热恋中的小伙子，简直乐此不疲。

今年三月古城西安出现了共享汽车，老张又率先加入了共享汽车一族。周五下午老张竟然破天荒地主动给在雁塔区居住的女儿打电话，周六去看女儿。电话那头外孙子一听外公要去他家，激动不已地尖叫起来。女儿却一头雾水，不知老张葫芦里卖的啥药。

"老爸您真的明天来我家?"女儿半信半疑。

"那还有假?"老张的口气斩钉截铁不容置疑。

第二天到了女儿家，老张死缠硬磨硬是央求女儿带他体验一下共享汽车。女儿微微一笑，原来老爸是醉翁之意不在酒、看望外孙是假，要体验共享汽车才是真。

"看来生姜还是老来辣。"女儿调侃道。老张狡黠地一笑。

女儿、女婿和外孙陪着老张来到附近的共享汽车点。女婿麻利地帮老张下载了"GoFun 出行"APP，上传身份证和驾驶证进行审核。老张在一旁乐呵呵的，像一个缠人的孩子。大约 10 分钟后，网络审核通过，微信支付了押金后，就完成了资质认证，可以使用共享汽车了。女婿在 APP 中轻轻一点击"我要用车"，便看到了附近的一辆纯电动汽车，接着点击"一键解锁"，车门马上就自动打开了。老张急不可待地坐上副驾驶，女婿一边看 APP 上的开车指导，一边一步一步教老张操作。老张又独立操作了一次，立马兴奋地开上共享汽车拉着女儿一家，沐浴着曲江千年的春风，呼吸着唐诗味的空气，"春风得意马蹄疾，一日看尽长安花"似的绕着大唐芙蓉园兜了一圈。

"姥爷真棒，可以做共享汽车达人了!"外孙子竖起大拇指连连为老张点赞。

老张像个老顽童，高兴得合不拢嘴，眉梢笑开了花，简直有点喜形于色了。道路两旁树木的新绿在春风里兴奋地舒展，花儿满腔热情含苞待放，要把积蓄了一个冬天的力量在春天全部爆发出来迎接新的时代。看着老张，女儿女婿对视了一下，会心地笑了。

国庆节，老张带着李嫂去北京来了一次时髦的自由行，一部手机走天下，网上预约住宿，高铁、共享汽车、共享单车出行。老张说他的共享汽车生活才刚刚开始，待来年开春他要带上李嫂到全国各地好好逛逛。

谁说老树不开花？看，老张又提着行李出门了。听，老张又唱着秦腔《凤鸣岐山》"遇先生是缘分三生有幸，……羑里一别想你常如梦……"，开始新的旅程。

{兰}

五一前，我家飘窗上经年的一盆蝴蝶兰开花了。

一朵，两朵，三朵……

几天时间，枝条上就萦绕着好多只轻盈的紫色蝴蝶，爬满了一串串大大小小的花蕾，好多即将化蝶飞出。也许其中有一只就是庄子，也许其中两只就是梁祝化成的。偌大的屋子，流淌着一股神奇的灵动，弥漫着沁人心脾的香气。那花瓣蓝得纯粹，蓝得温馨，蓝得醉人。那乳黄乳白相间的花蕊很是迷晃人眼，很是撩拨人心，不由得心神荡漾，惹得飘窗外的几只蜜蜂争风吃醋，一不小心碰到窗玻璃，差一点头破血流。但是蜜蜂们还是不肯离去，几天里依然隔窗厮守。美人芳名远播，不怕深闺人未知。虽在深闺，求之者也是

趋之若鹜。"无情未必真豪杰"，看来蜜蜂也如同人一样多情。

那段时间，我几乎每天都要去看看那盆蝴蝶兰，每次都要足足待上几分钟。呼吸着淡淡的兰香，微闭双目凝神静思。遗憾的是我非庄周，不能梦蝶。不过凡人有凡人的乐趣，我沉浸在兰的美好回忆之中……

兰是我从教第一届的一位女生。那时兰上初二，高鼻梁，大眼睛，头发有点鬈，像外国人，眉目清秀，眉毛仿佛画上去一样，脸庞白净如同瓷娃娃，皮肤细嫩得快要滴出水。如果不是穿着土里土气的旧衣服，你一定以为是城市哪家的女儿，或者童话里的白雪公主。兰的泉水一样灵动的眼睛里，时常有一种掩饰不住的忧郁。

兰学习很刻苦，成绩不仅在班里就是在全年级也总是数一数二，因而大家推荐她担任班级的学习委员。课间同学们玩的玩、说的说、笑的笑，兰除了上厕所就是在看书。课内的、课外的，她把在学校里的所有时间都充分利用起来，一分钟也不浪费。每当课间同学喊她玩的时候，她总是报以浅浅的微笑，也不说去，也不说不去，屁股坐在座位上一动也不动。

兰当学习委员尽职尽责认认真真。收发作业很按时，雷厉风行从不拖拖拉拉。收作业总是一个不差，偶尔有同学没完成她也会问明原因，给我说得清清楚楚。发现教室里没粉笔了，她就会到事务老师那儿去领。上课前看到黑板没擦，就会提醒值日的同学，或者干脆自己擦。胳膊上没完全抖掉的白色粉末，让不起眼的衣服有了古韵，也为兰增添了另一种美。

兰的家里经济并不宽裕，一家人全靠父母的两双手。父亲是一个泥水匠，在村里算是一个手艺人，虽然很苦累，不过收入还过得去。母亲是一个地地道道的农民，平时干农活，农闲时给丈夫拉拉下手做个小工。两个哥哥一个在县城省重点中学上高三，一个在乡下普高上高一。除了交学费，还有灶费、住宿费、资料费等其他各种补课费，一年下来一河滩。若不是几个孩子都上学花销大，兰家的日子在村里还可以。兰的父母一心要供两个儿子上大学，一来为圆自己当年的大学梦，二来也可光宗耀祖改换门庭。

兰是一个很有心、很懂事的孩子。她眼里有活，放学回到家里就烧水做饭。冬天，当父母回到家时兰就端上热腾腾的饭菜，父母不仅身子是暖和的，心里更暖和。夏天，父母还未进门饭菜就早已晾在小几桌上了，劳累了一天的父母，心头的烦躁立刻就消失了。吃完饭，兰又帮着母亲刷锅洗碗、喂猪喂鸡喂狗，一大家子都安生了，疲惫的兰才开始写作业。看着女儿的身影，兰的父亲叹着气低下了头。母亲却不以为意，"女人生来就是受苦的命，谁家女娃不是这样"。兰的母亲年龄不大，思想却很保守，她把全部心思都花在两个儿子身上了。在她眼里儿子是家里的顶梁柱，延续家族的血脉和香火，是将来给自己坟头培土烧纸的人。女儿嘛外姓之人，泼出去的水，嫁了人就是人家的人。

"给飘窗上的蝴蝶兰浇浇水。"妻子在厨房里一边做饭一边安排。我回过神来，取来洒壶灌满水，小心翼翼地为蝴蝶兰浇水。花朵水灵灵的，如同雨后展翅欲飞的蝴蝶，多么可爱的小精灵。

那一年春季学校举行体操比赛。每天下午放学后，我就邀请体育老师组织我们班学生训练。兰每次都是第一个到操场，最后一个离开。自始至终练得一丝不苟，每一个动作、每一个套路、每一个细节，一丝一毫绝不马虎。每次都是浑身汗水直流，白皙的脸上汗迹斑斑，夕阳的余晖斜洒在脸上，兰更美了。临近比赛前，班里组织统一购买参赛服装，最后只剩下几个同学没交费，其中就有兰。一天放学后，兰来到我的办公室，扭扭捏捏一反常态，有话想说却几次欲言又止。"有话就大胆说，没事。"我又急切，又平静。她脸颊绯红，低下头，终于鼓足勇气说："老师，我不想参加体操比赛了。""为什么？"我关切地问道，"是因为服装费吗？"她低着头，手捋着秀发："嗯。""父母不给钱？还是家里没钱？""我不能向妈妈张口。""为什么？""周日两个哥哥都回家取钱了，还是妈妈问邻居借的。""噢，这样啊没事，这点钱我来出。""老师，怎么能让您出钱？我还是不参加了。""小事，我还是能出得起这点钱。"那是上世纪90年代，物价飞涨的时候，其实我那时工资也只有70多块，但我不忍心看到兰忧郁的眼睛，更不忍心她不参加体操比赛。"怎能让您给我垫钱呢？我还是不参加了。"兰有点固执。"就算我借给你的，将来有钱了还给我。"兰这才勉强接受了。那一次体操比赛兰表现得很出色，我们班获得了年级第一名，全班同学高兴得近乎疯狂。一帮男生将我托起，兰也凑了过来。我偷偷一瞥，看到她眼睛里闪着激动的泪花和难以言表的感情。她对我微微一笑，脸色绯红，羞涩地低下了头。

上了初三的兰有一天跑到我办公室，给我送来了几颗金黄的海东杏。告诉我她如果考不上师范就不准备再上了。那时，中等师范学校的学生不用交学费，学校还给学生发放生活补助。对于一个女孩子来说，补助也就够用了，不会再花其他钱了。"为什么？你不愿意上了？"我有些诧异。"爸妈要供两个哥哥上学，我不能给爸爸妈妈再添负担了。"她平静地答道，脸色有点不大自然。"凭你的学习成绩，一定能考上师范。"我鼓励着她，也安慰着自己。"但愿吧……"兰自言自语。从此我在心里为兰默默祈祷。那几颗黄灿灿的杏，是那样的香甜。

"为草当作兰""兰生深山中，馥馥吐幽香"。野生兰花常常生长在高山荒野石壁清涧之间，常常是一两株，最多三五株。兰花很少独自生长在峭壁石缝间，"幽植众能知，贞芳只暗持"，大多时候夹杂在树荫下的艾草、蒿草等杂色草丛中，兰和艾草"根荄相交长，茎叶相附荣""香茎与臭叶，日夜俱长大"。但是"兰畹晴香嫩"，特别是秋天"兰秋香风远"。兰花看起来并不引人注目，但是远远就散发着幽香，循香味而去仔细寻找很容易找到，可谓"众里寻他千百度"。

天遂人愿，兰很幸运，她后来果真考上中等师范学校了。她很高兴，我也为她高兴、为她祝福。

上中师不久，兰回母校转团关系，她专程来和我告别。仍然穿着那件红色的上衣，大眼睛里从前的忧郁不见了，多了一些少女的羞涩。当我夹着教材和教案本回到办公室的时候，兰已站在门前等候多时了。看到我衣服上还未抖落干净的各色粉笔末，兰笑了，上前帮我拍打。招呼兰进了办公室，兰坐在床沿，我一边洗手一边和她说着话。"谢谢您，老师。"她坐得很浅，屁股挨着床沿，两只手撕扯着衣服角。"谢啥呢，都是你自己努力的结果。"我为兰倒了一杯水。"老师，我说的是真心话。"她的神情很真诚，很庄重。"我也说的是真心话。"我让自己的语气尽量松弛些。从兰的清澈双眸里我读出了少女的纯真，读出了少女纯洁的心。"你现在就是我的小师妹了。"为了打破有点凝重的气氛，我调侃着。把兰逗笑了，我也憨憨地笑了。兰又和我聊了一些师范学校的事。一阵清脆的上课预备铃响了。"我还有课。"我又拿起来教材和教案。"老师，您上课吧，我走了。"她起身出门。

兰回过头，挥手和我说了声"老师再见"，又用那双会说话的眼睛，深情脉脉地看了我几秒钟。看着她远去的背影，我在心里默默为她祝福，我的眼角绽放着灿烂的微笑。

上师范的第二学期，兰给我来了几封信。内容已忘却了，只记得最后一次信封里夹着一个紫色的挂件，紫色线缠裹着一枚五分钱硬币，上面是挂带，下面飘着几寸长的穗子。看得出兴是她亲手做的，做得很细致，也很漂亮。可惜我那时忙于工作，并没有过多地在意。也许有点迟钝、有点落伍，当时我并不知道她送我这个紫色挂件的深意。当我朦朦胧胧明白了一点点什么的时候，感觉有些苦涩，再也没有给她回过信。后来我订婚，从此兰就再也没给我写过信，我知道她有点恨我。没办法，恨就让她恨去吧。

后来听说师范毕业以后，兰分到城郊的一所小学，从此我再也没有她的消息了。一晃20多年，兰仿佛在人间蒸发了，真有点"孤兰生幽园，众草共芜没"。我知道，兰和我就生活在同一座城市，她一定过得很好。这样一想，我也就心安理得了。

就在前几年，我从兰的学弟处打听到了兰的消息。我给兰打了一个电话。电话接通的那一瞬间，兰很激动，我也很激动。她听出了我的声音，而我听到的却已不是当年那个纯洁美妙的少女声。她的声音有点颤抖，我仿佛听到了她急促的心跳，看到了她满脸的绯红。我们通了几十分钟电话，该问的都问了，该说的也都说了，添加了QQ和微信。之后一阵，我和兰偶尔在QQ上聊一聊，互相问候问候，她总是不冷也不热。我知道她还在恨我。

终于有机会和兰见面了。那天我和朋友正在参观秦岭兰花展，看着一盆盆花形各异、散发着奇香的蕙兰，我想到了兰，想到了兰满含羞涩的眼睛，想到了那枚紫色硬币挂件。心有灵犀一点通，说来真巧，这时兰打来电话约我见面。显然很着急，说有急事需要我帮忙。我们约好第二天见面。

在我们小区旁的一个茶楼，我见到了兰。修长的身材，一头如瀑的秀发，一身漂亮时尚的衣服，一双成熟的大眼睛，一对大耳环，红红的嘴唇，蓝色蔻丹。显然是一位风情时髦成熟世故的少妇，我有点不敢相信自己的眼睛。然而兰就真真切切站在我面前。"什么事这么着急？"我关切地问。"其实也没有什么事，就是想看看您。"她热情地拉着我的胳膊，十分亲昵，也很老练。"不会吧？"我有些不解，心想她不会真是来看我的，也许是真的。"我最近在兼职推销无限极产品，老师能不能帮帮忙？"寒暄了好一阵子，她终于步入了正题。边说边热情地为我沏茶，我有点惊讶。杯中的茶，越喝越寡淡无味。在她甜言蜜语和死缠硬磨下，我只好违心地答应了。她又塞给我烟、酒和两盒茶叶。我断然拒绝，逃也似的走出了茶楼。天变了，阴沉沉的，好像要下雨了。

　　帮兰推销完一批产品后，她说要感谢我。我拒绝了，怕再次见面尴尬。兰既熟悉，又陌生。最近几年再也没见过兰，年节时她会用微信转发来程式化的祝福和问候，我也只是礼貌地报以泛泛祝福。

　　看着家里的蝴蝶兰，我就会想到兰，但是却不愿再见到她。

　　忽然想起六祖慧能的四句偈："菩提本无树，明镜亦非台。本来无一物，何处惹尘埃。"

{春雪}

在人们的记忆里，雪总是和寒冷的冬天连在一起，冬天下雪是天经地义的；花草总是和温暖的春天连在一起，春暖花开也是自然规律。雪落百花谢，亦是自然之道，例外者唯有蜡梅傲雪依然开放。一般情况下雪和花是万万联系不到一起的，但是人们习惯于把雪片称作雪花。但是贾平凹说"雪花不算花"。

雨水过后，古城西安却落下一场大雪，一场难得的春雪。

天刚蒙蒙亮，春雪就在微风里轻轻扬扬飘飘落落，飘在天地之间，落在大地之上。覆盖了小区的绿化树，落满了汽车，白了楼顶，银装素裹着城市。春雪也落在了乡村故园的房瓦、屋檐、院墙、树梢，故乡的泉水、麦地、坟墓，乡亲的头上、黑狗的背上、花鸡的羽毛上。春雪还落在了半坡遗址、丰镐的残片、未央宫前殿的夯土、大雁塔的塔顶和钟鼓楼的风铃上。有人说春雪让西安梦回到了六汉的长安，回到了大唐的长安。春雪不像冬雪潇潇洒洒，却轻轻盈盈、翩翩起舞。少了冬的冰冷，多了春的温暖；少了冬的严峻，多了春的温柔；少了冬的酷，多了春的秀。如果说冬雪是一位冷面的帅男，那春雪就是一位可人的靓妹。春雪带给这个世界上每一个东西、每一个人春的气息，让他们听到了春的心跳，让他们触摸到了春的温柔。上苍是最公平的，春雪是最无私的，一个也不会落下，谁也不会偏向。

冬雪覆盖了大地，让一切变得冰清玉洁，然而只是暂时掩盖了脏污罢了。而春雪虽然娇柔，似乎比冬雪要正直得多，并不想藏污纳垢，即使自己粉身碎骨头破血流也全不怕，哪怕不留下任何痕迹也在所不惜。冬雪冰冷，让牛羊挤到圈里，让鸡鸭蜷缩在屋檐下，让人躲回到了屋内，坐到了热炕头，冬雪把生命禁锢在狭小的空间，让生命凝固。春雪则不然，让黄狗在野地里撒欢追逐，让芦花鸡在雪地上画着一串串梅花，让爱美的女人在一树树雪梅下忘情自拍，春雪让生命活力舒展，让生活激情绽放。

如果说雪花不能算作花，春天的雪花更不能算花。我并不完全理解贾平凹所说的"雪花不算花"的深意，但我的意识里雪花也本不是花。如果单从形状上或字面上称作花的话，姑且可以这样说。不过雪花开的时间并不长。春天的雪花开得更短，比昙花还短，真可谓"一现"。最初的雪花刚一着地就化为一滴水，后来的雪花还比较幸运一点，终于可以在大地上绽放了，或可保持一半天。然而好景不长，不足半日，就被春风融化渗入土地里，"化作春泥更护花"了。

一场春雪酝酿得快，融化得也快。前一天上午还阳光灿烂，下午就阴云晦暗，气温骤降，凉风阵阵。老天变脸比翻书还快，刚才笑容满面，一会儿就愁云惨淡，一夜之间就雪落古城。春雪刚一停下来，就开始消融，不足半日已殆尽，如同小孩刚才还委屈地泪流满面，瞬间则破涕为笑，早把不快抛到了九霄云外。树丛下、阴冷处、背风地、低洼带的那一点点残雪苟延残喘，不过也坚持不了多久，一日就全无，只留下斑斑污迹。终南山阴坡的春雪消融还需些时日，故园后院墙根月季下的残雪保留时间则比南山的阴雪还要久一些，一直留在我的心底。

这是今年的最后一场雪，也是今年的第一场雪，更是一场多情的雪。正是这场春雪之后，我们褪尽了棉衣，解开包裹，告别了隐晦雾霾的冬天，轻装走向春天，拥抱万紫千红的花季。也是这场春雪之后，我们挥手昨天，迎接明天。也是这场春雪之后，我们不再回望历史，而是翘首未来。

春雪也让古城的人和东西做了一场好梦。春雪仔细聆听着每一个人的梦、每一个东西的梦。不过好梦不长，梦总是要醒的。再说梦毕竟只是梦，未必能成真。还是让我们走出美梦，走出历史，走向未来吧。

仰望终南残雪，和风荡漾，心头已春光无限、花红柳绿。遥望故园残雪依旧，我心依旧。回望雁塔，晨钟声声。

春雪有情，人亦有情，历史更有情。

{ 燕子 }

绿柳是春天的信使，迎春花是春天的报幕员，燕子是春天里登
台亮相最早的演员之一。燕子让万紫千红的春天更加灵动，更加
妩媚。

冬雪的残痕还未完全褪尽，黄灿灿的迎春花儿就已绽放枝头。
江水泛活，草儿萌发，动物出洞，柳吐鹅黄，又一个美丽的春天开
启了大幕。燕子夫妇就迈着轻盈的步子，踏上了回归之路。当北方
"几处早莺争暖树"时，勤快的燕子衔泥筑巢了。燕子唱着春天的
歌，舞动双翅，扭动尾巴，跳起了春天的华尔兹。当春困的人们还
在睡梦之中，燕子已"喧觉佳人昼梦，双双犹在雕梁"。

老马识途，燕子恋旧。"归燕识故巢，旧人看新历"。离别了一

个冬天，燕子还清晰地记着自己的家。归来之时，燕子仍要回到过去的家。"还同旧侣至，来绕故巢飞"。狗不嫌家贫，燕子更是这样，即使家已破漏不能蔽风，燕子却不嫌弃。曾经有人说燕子是嫌贫爱富，巢总是筑在富贵人家。其实不然，有诗为证："旧时王谢堂前燕，飞入寻常百姓家。"第二年春天燕子飞回来第一件事就是修补故巢。衔来树枝，编复巢身；啄来春泥，糊实巢壁；嗑回干草丝，铺好巢底。这一段时间燕子忙得不亦乐乎，正如古诗所说"豪家五色泥香，衔得营巢太忙"。当小家修葺一新温暖如春，燕子夫妇就开始为生儿育女做准备了。

　　燕子出出进进总是成双成对。"春色遍芳菲，闲檐双燕归"。人们常说劳燕双飞或者双飞燕。燕子不管是筑巢还是捕食，总是双宿双飞，夫妻形影不离，相依相伴。无论阴晴，无论刮风下雨，总是不离不弃，让人十分羡慕。诗人发出"双燕复双燕，双飞令人羡"的感叹。雌燕产卵的日子，雄燕除了出外觅食，总是守护在雌燕身旁。如有其他动物威胁到雌燕的安全，雄燕就会拼命，绕着雌燕飞来飞去，浑身羽毛奓起，发疯似的扇动双翅，发出愤怒的吼叫，警告入侵者，甚至冲上去用嘴啄，直至对方离去。孵卵的20多天里，燕子夫妇一起孵卵，雄燕总是不辞辛苦，为雌燕找来吃的和喝的，陪着雌燕一起等待儿女破壳而出。

　　燕子夫妇是最好的父母，也是最懂得教育的老师。经过十四五天的精心孵化，小燕子开始破壳而出。细心的燕妈妈留在家里精心呵护雏燕，快乐的燕爸爸出外觅食。燕爸爸回家的时候，雏燕们一个个热情地张开微嫩的小翅膀，拥抱着爸爸。燕爸爸把捕捉到的一只只蚊、蝇、蝗虫，交给燕妈妈。小燕子偎依在妈妈的周围，燕妈妈用嘴叼着一一喂到雏燕的嘴里。20天后，燕子夫妇开始教小燕子学习飞行。燕爸爸燕妈妈反复给子女们做着示范，手把手地教子女们飞行。小燕子们在爸爸妈妈的指导下，一遍一遍地练习。遇到胆小的雏燕，燕妈妈燕爸爸就会狠下心，用嘴巴用翅膀把小燕子赶出巢，小燕子一下子跌到了地上。燕妈妈燕爸爸立刻把它救起来，又一次次把它赶出巢，直到小燕子在跌跌绊绊中学会飞行为止。五六天后，燕妈妈燕爸爸就带着小燕子开始到野外觅食。燕子一家风里来、雨里去，其乐融融地度过夏天和秋天。

燕子很爱干净，浑身一尘不染，羽毛老梳得光光。无论飞行，无论踱步，动作非常优雅，很有绅士风度。特别是飞行的时候，燕尾非常飘逸，甚是英俊，被称为鸟儿中的君子。故西方有了燕尾服。因而人们对燕子很厚爱，燕子能入诗，也能入画，还能入乐。

朔风来临之前，燕妈妈燕爸爸就整好行囊，带着一群小燕子举家南迁。燕妈妈领头，小燕子们随后，燕爸爸断后。它们和其他燕家庭组成一个大大的燕队，成群结队开始越冬的大迁徙。

我家旧宅院内房檐下曾经住着一对燕子夫妇。春节刚过，孤独寂寞了一个冬天的父母，就天天念叨着燕子夫妇，翘首以盼如同盼望回家的儿女。每年春暖三月，燕子夫妇就如约而至、冷清的家里一下子充满了欢声笑语，父母的精神头也足了，干活说话总乐呵呵的。小燕子刚刚破壳而出的那段日子，燕子夫妇忙出忙进，怕燕子夫妇顾不得喝水，细心的父亲就会给燕巢下放上一个小碟子，盛上一些凉开水。燕子很有灵性，忙碌的燕子夫妇心领神会，不辜负父亲的好意，就会饱饱地喝上一肚子。这时父亲捋着自己的长胡须，会心地笑了。燕子夫妇点点头，在碟子旁舞来舞去，算是对父亲的致谢。

有一次，燕子夫妇都外出了，一只小燕子不小心摔了下来。父亲赶忙捧起小燕子，恰好这时燕子夫妇回来，大吃一惊。小眼睛瞪得大大的，头上的羽毛全都竖起来了，愤怒地尖叫，翅膀不断扇动，对着父亲怒目而视。父亲搬着梯子，要把小燕子放回巢里，燕子夫妇疯了似的，用嘴啄、用翅膀拍打父亲的手。当父亲爬下梯子时，燕子夫妇仍然惊魂未定，警惕地绕着燕巢飞来飞去。当一切恢复平静之后，燕子一家还紧紧偎依在一起。

父亲在房檐下抚摸着自己的手，手背上这里紫一块，那里红一块。燕子夫妇不好意思低下了头。看着燕子一家其乐融融，父亲眼角眯成了一条缝，沉浸在甜蜜之中，仿佛看到了在外的儿孙。

听邻居说父母仙逝以后，燕子夫妇还来过几年。物是人非，不知燕子夫妇在父母仙逝后来到空荡荡的家里是什么感觉。父母三年以后，这对燕子夫妇再也没有回来过。

我知道那是一种生命对另一种生命的承诺，也是一种生命对另一种生命的回报。

｛喜鹊｝

最近出门老碰到喜鹊。

"喳喳，喳喳……"

"看，喜鹊。"

前几天，在秦岭分水岭上，一只喜鹊冲着我不停地叫着。

"王老师，喜鹊在给您报喜呢！"同行的学生高兴地对我说。

"喜从何来？"我调侃道。

喜鹊是一种非常平常的鸟儿，全国各地到处都有，无论山区、平原，还是荒野、农田、郊区、城市随处都能看到它们靓丽的身影和听到它们喜庆的叫声。喜鹊比燕子形体大，头颈背和尾巴呈灰黑色，灰黑中依次泛着紫色、绿蓝色、绿色的灵光，仿佛着色的中国画，很有层次感。它的翼肩和腹部洁白如雪，全身黑白分明，像一名仗剑的侠客，很酷很俊。它总是趾高气扬的，长长的尾巴翘得老高老高，都快翘到天上去了。人们常说骄傲的人尾巴翘到天上即由此而来。

白天，喜鹊们三五成群来到田野。春夏喜鹊在草丛中觅食，在庄稼地里捉虫子。秋收以后，喜鹊就四处搜寻农民遗漏的粮食。没有什么可吃，它也会低下高贵的头颅，找点垃圾充充饥，偶尔也会做一个"强盗"拦路抢劫，盗食其他体型小一点的鸟类的卵和雏鸟或者干一些"杀人越货"的勾当。民以食为天，吃是大事。弱肉强食是自然界不变的法则，"仓廪实而知礼节"，不要责怪喜鹊。吃饱了，就在树梢打个盹，或者撒个欢，或者梳理梳理羽毛，好不惬意。悠闲时，喜鹊们还会来一场小小音乐会，扭的扭，跳的跳，唱的唱。喜鹊没有燕子幸运，晚上不能住在屋檐下，只能栖息在露天树上的巢里。喜鹊警惕性很高，鹊巢筑在树梢，睡梦中不会受到其他动物的袭击，可谓高枕无忧。要是遇到刮风下雨，喜鹊就要遭罪了。大风把鹊巢吹落地上，喜鹊只好在树上将就一晚上，受些风寒是免不了的。

"喜鹊叫，喜事到"。喜鹊是吉祥鸟，是喜庆鸟。

在关中农村听老人说，出门碰到喜鹊就是大大的吉兆，出外办事一定很顺利。谁家院中树上能有一只喜鹊，再喳喳、喳喳再叫上几声，这家一定会有喜事发生。"喜鹊叫，好事到"，据说非常灵验，乡下人深信不疑。

喜鹊是神鸟，很有灵性。据说喜鹊可以预知天气情况，它鸣叫时的不同姿势表示不同的天气。《禽经》上就有这样的记载，"仰鸣则阴，俯鸣则雨"。是真是假不好说，我倒是没有认真观察过。它还可以预知吉凶，"人闻其声则喜"。不过喜鹊很聪明，懂得人的心理，知道人性的弱点。大多数人还是爱听好话，所以喜鹊总是报喜不报忧，因而很讨人喜欢。五代冯延巳词云"终日望君君不至，举头闻鹊喜"。小时候，每每看到我家院中树上欢蹦乱跳的喜鹊，我就满心欢喜，特别是听到喜鹊"喳喳，喳喳"，我更是激动兴奋——我家要有喜事了，在外工作的父亲要回家了。有时的确很灵验，有时并不灵验。尽管有时候喜事不一定会有，父亲也不一定会回来，但我还是相信喜鹊，那毕竟是我的愿望，喜鹊的叫声带给了我希望。

喜鹊不像燕子，冬天走春天来，它长期生活在一个地方。喜鹊的叫声很单调，却很执着。一年四季，一生一世，或悲或喜，或远或近，一个腔调，一种声音，一成不变。正是基于这一点，古代一些好杜撰的儒生，觉得喜鹊符合儒家对圣贤的要求，把喜鹊称为"圣贤鸟"。经过文人的精心包装，喜鹊这样普通的鸟儿就有了高雅的文化内涵，正所谓"人抬人高，人压人低"，只不过曲高和寡，高处不胜寒。民间也赋予喜鹊俗的一面，就有了《鹊登梅枝报喜图》，寄寓"喜上眉梢"；有了《鹊登高枝图》，寄寓抬头见喜、出人头地；也有了一只獾和一只鹊在树上树下对望的文人画，寄寓"欢天喜地"……这就应了那句话——大众的才是流行的。

喜鹊起飞时很迅速，也很快，所以就有了"声名鹊起"的说法，这源于《庄子》："得时则蚁行，失时则鹊起。"不过声名鹊起并不一定是好事，往往欲速则不达，或者盛名之下其实难副。事还须实实在在地干，人还要踏踏实实地做，唯有这样才能长久。

喜鹊如人，人也像喜鹊。草木有心，何况喜鹊？

{乌鸦}

乌鸦又名老鸹，在关中是一种不吉利的鸟儿。出门碰到乌鸦是凶兆，诸事不顺。要是有人说些担忧的话或者不吉利的话，就被讥为"乌鸦嘴"。

乌鸦浑身乌黑，所以也叫黑老鸹。人常说"老鸹笑话猪黑"，可见老鸹和猪一样黑，只是五十步笑百步而已。据说所有的老鸹都是黑的，人们不是说"天下老鸹一般黑"吗？就像过去说当官的都很贪，正所谓"为人莫做官，做官都一般"。世界上到底有没有不是黑颜色的老鸹，谁也不知道。

"乌鸦报喜，始有周兴"。据说乌鸦原本和喜鹊一样是吉祥的神鸟，只是到了唐代以后才和凶兆、噩运联系在一起。远古人们把太阳称作金乌，乌鸦叫作金乌鸟。

唐段成式《酉阳杂俎》："乌鸣地上无好音。人临行，乌鸣而前行，多喜。"乌鸦原本报喜亦报忧，只因乌鸦长得没有喜鹊漂亮，也没有燕子的儒雅和风度，更没有黄莺的歌声委婉动听，因而不受人们待见。后来在人们的眼里它变成了报忧不报喜的丧门星。乌鸦很冤枉，比窦娥冤得多。窦娥蒙冤感天动地，老天六月飞雪，后其父做了高官，得以昭雪平反。可怜的乌鸦，至今仍负冤，无处诉说。既然无处诉说，干脆就不再鸣冤。世上总有人要留好名，还要有人留坏名，我不入地狱谁入地狱！不仅乌鸦自己背负坏名声，有些人也要跟着带灾，被称为"乌合之众"。世界也太不公平了，话说回来，世界上没有绝对的公平，哪个坟头没有几个冤死鬼？这样想来乌鸦也是不幸之中的万幸。

不过乌鸦的污名与自身的天性和恶习有关。乌鸦原本是食腐性动物，喜欢吃一些腐烂的尸体。它嗅觉灵敏，对腐烂尸体的气味更敏感，远远地就能闻到。唐诗中就有"饿虎衔髑髅，饥乌啄心肝。腥裹滩草死，血流江水殷""饥乌集戍楼"等诗句。荒山遍野的战场乌鸦是常客，冬天野外无食物，乡间墓地也是乌鸦觅食和栖息之地。小说电影里经常有这样的情节和画面，夜晚的战场和墓地原本就阴森，有了乌鸦凄惨的叫声就更加恐怖，怎能不叫人惶恐？

乌鸦也是最知感恩、最孝顺的鸟儿。在乡下送葬仪式上经常听到"羔羊跪乳，乌鸦反哺"的话，司仪用来表彰孝子。在白乐天的眼里乌鸦就是"鸟中之曾参"，不禁发出"慈乌失其母，哑哑吐哀音。昼夜不飞去，经年守故林。夜夜夜半啼，闻者为沾襟。声中如告诉，未尽反哺心。百鸟岂无母，尔独哀怨深"的感慨。因而乌鸦也被冠以"慈乌"孝名。秦腔戏《朱春登哭坟》就有"乌鸦反哺，牛有舔犊之意"的唱词。

原本乌鸦"呀呀"的叫声就尖厉刺耳，白天人听了心里都不舒服，漆黑的夜晚更是凄厉。特别是寒夜里乌鸦的哀鸣声，让人有点毛骨悚然，心里冷森森的。其他外表漂亮、歌声动听的鸟儿，并未进入诗人的眼睛。相反诗词里写乌鸦的却不少，可以说是信手拈来。"月落乌啼霜满天，江枫渔火对愁眠"是寒夜里的哀叹，"枯藤老树昏鸦"是晚秋的哀怨，"瘦马羸童行背秦，暮鸦撩乱入残云"是塞道中的凄凉，"枯木寒鸦几夕阳"是故国的荒凉。

乌鸦是鸟类中最忠于爱情的鸟儿。乌鸦不同于其他动物一夫多妻，终生坚持一夫一妻，在动物界是很少见的。人类在古代也是妻妾成群，只是现代才开始实行一夫一妻制，从这个角度来说乌鸦的婚姻观比人类忠实得多。乌鸦夫妇当一方去世了以后，另一方就坚持不再娶再嫁，孤老残生直到去世。更有乌鸦殉情的也很多，当一方去世，另一方就会绝食，随一方一起死去。乌鸦比万物之长的人忠诚得多，相比之下人类自惭形秽，好不汗颜。

从这个角度上说乌鸦是鸟儿中的君子，"君子怀德，小人怀土"。乌鸦诚实孝道忠贞，虽九"冤"其犹未悔。我们不得不刮目相看。

万物有灵，乌鸦才是生命的真实。

{猫头鹰}

提起猫头鹰，乡下人很讨厌，它的名声还不如乌鸦。如果乌鸦是噩运和凶兆的代名词，那么猫头鹰就是报丧鸟，是死亡的代名词，它俩简直就是动物界的黑白无常。

在乡下，冬天夜晚猫头鹰一叫，村子里就要死人。老人这样说，我也亲眼见过多次。猫头鹰的叫声很凄惨，像人在痛哭，特别是夜深人静之时，听了非常阴森恐怖。既让人揪心，也让人忌惮，唯恐失去亲人。人们特别讨厌猫头鹰，谁也不愿意让它栖息在自家的树上，生怕给自己带来霉运。

猫头鹰长得非常丑陋，和其他鸟儿不同之处是头大身子小，头部像猫，故称猫头鹰。猫头鹰两眼又大又圆，炯炯发光，寒光咄咄逼人，让人不寒而栗。两只大耳朵很奇特，直直地竖立在脑袋两侧，就像神话故事里的双角怪兽、《封神演义》里的雷震子。猫头鹰一脸凶残，让人有些恐惧，更心生厌恶。

上学后，从教科书里知道猫头鹰原本是益鸟，专捉野地里的田鼠，是田鼠的天敌。夜晚老鼠出没，偷食庄稼。猫头鹰目光锐利，迅速扑上去，用两只尖锐的爪子按住田鼠，犀利的嘴巴三下五除二把田鼠撕得血肉模糊。科学地说，猫头鹰对死亡的气息比较敏感，能嗅到即将死亡生命的气味，因而猫头鹰鸣叫往往久病的老人就会死去。人们只是单纯从外表出发，凭自己的喜好武断地就给猫头鹰一个报丧鸟的污名。人言可畏，要不说"三人成虎"。

我有两次遇到猫头鹰的惊险经历，至今还心有余季。上高一时一个冬天的夜晚，我闹肚子，半夜起来去上厕所。那时农村高中宿舍条件很差，不可能有卫生间。冬天的夜晚天像泼过墨一样黑咕隆咚，四周什么也看不清，天气阴阴的，还刮着冷冷的小北风。风吹树枝喇喇作响，树影如鬼魅飘忽不定，有点阴森恐怖。我有点害怕，裹紧衣服，蜷缩着身体，心几乎攥到一起，急急忙忙往宿舍后面的厕所跑去。刚到厕所门前，一只鸟儿擦着我的头发扑棱棱飞起，发出一阵凄惨的叫声，如同闪电划破夜空，又像一把利剑刺破天幕，好似墨汁般顷刻之间全部倾泻下来，仿佛一头巨兽，吞噬了房屋、树木和睡梦中的人们。仔细一看，目光如炬似两道寒光，原来是一只猫头鹰。我立刻头皮发麻，头发全竖起来，肌肉紧绷，浑身颤抖，冷汗嗖嗖直冒。

急忙忙上完厕所，不知道自己怎么回到宿舍的。小时候，晚上只要听到猫头鹰凄惨的叫声，三婆就说"村里哪家老人又要死了，雌嗥报丧了"。上厕所遇到猫头鹰后，我心里非常害怕，为亲人们特别是我母亲担心，那时我的母亲大病初愈，出院时间不长，在父亲工作的渭北的一个小县城养病。我整天忧心忡忡，话少了，活动也少了，笑容更少，担心噩运会降临到我家头上，神情有些恍惚，仿佛灵魂出窍。上课常常走神，身在曹营心在汉。干其他事也总是心不在焉，丢三落四，常常弄出一些骑驴找驴的笑话。整天吃得不少，身形却一天天偷着瘦了，仿佛得了一场严重的出血热，命是捡回来了，体质却差多了。大家都以为我病了，我不敢对大家说也不想对大家说，怕说出来就会成真。我记着老人们的话：好事说多了不一定有，坏事说出来就会真的发生，人嘴里有毒。母亲的病一天一天康复，我的笑容也多了起来。一个学期结束，我也慢慢地从惊吓中缓解过来，体质也渐渐地恢复了。

另一次猫头鹰惊魂事件发生在我教学第一学期的夏天。我在乡中心小学教书，夏忙前的一天下午放学后，我骑自行车赶着回家泼场。我本就粗心，走得也有些匆忙，忘了关单身宿舍的门。麦熟的季节多下山风，当晚刮了整整一夜。夜里，风不断地敲窗叩门，热情不减，搞得我整夜似睡非睡。第二天头昏脑涨，恍恍惚惚，早早来到学校，走进宿舍，发现门开得大大的。好在刚参加工作工资很低，也是单身，没有什么贵重东西——毛贼是看不上那些教科书的，断然是不偷那些东西——因而并不太在意。一回头蓦地发现床上窝着一只猫头鹰，大睁着圆圆的眼睛，恐惧地看着我。估计先天晚上风大，猫头鹰受伤了，糊里糊涂钻进我的宿舍，暂时有了一个避风的港湾。有了第一次的经历，我没有过多的害怕，慢慢打开窗户，轻轻将猫头鹰驱赶出去。动物也是有感情的，只要我不伤害它，它也不会害我的。不过那一段时间我心里总毛毛的，一点也不瓷实，干什么都有些心神不定，走起路来总感觉轻飘飘的，仿佛脚踩在空中，老担心厄运降临，就连吃饭走路都很小心。然而厄运并没有降临，第二学期我调到旁边的初中。不能说是喜事，至少不是坏事。我的心这才完全放下了。

看来人们对猫头鹰偏见太深。从此我对猫头鹰就不再厌恶。

每一种生命都有自己的特性，主宰世界的人类硬是给万物赋予某些迷信的象征，这又能怪得了猫头鹰吗？也许在外星人的眼里，人类也是不祥之物，谁又能知道呢？

{蝉}

夏至到，蝉始鸣。

又到了一年夏至，我却还没有听到蝉鸣。

久居水泥森林喧嚣的都市，连蝉鸣这种天籁之音也成了奢侈品，已经好多年没有听到那既熟悉又陌生的蝉鸣声了。

乡下的夏天，白天就是雄蝉的舞台，简直就是它们的演唱会。清晨太阳刚刚升起，雄蝉早早就在高高的枝头扯开嗓子唱了起来，就连燥热的中午也不停歇，从清晨一直唱到夜幕降临，一点也不知道疲倦。那时我有午睡的习惯，蝉鸣的聒噪让我受不了。我恨不得将所有的蝉捉起来，怎奈我没有那么大的能耐，只好把窗户关起来，把耳朵塞起来。

蝉，俗名知了，属卵生动物。蝉卵在地下成长为幼虫，幼虫经过几年的潜伏成长，到了盛夏六月下旬开始羽化为成虫。当火球一样的太阳跳到西海沐浴的黄昏时节，或者滚滚热浪消退的夜间，蝉幼虫悄悄地钻出地面，趁着夜色无声无息地爬到树上，到高处前腿紧紧地抓住皲裂的树皮，垂直面对树干完成蜕皮羽化的壮举。洁白的月光下，蝉幼虫的背上出现一条黑色的裂缝，这时蜕皮的过程就开始了。头先出来，紧接着露出绿色的身体和褶皱的翅膀，沐浴着月光，翅膀一会儿就变得坚硬起来，颜色很快变成深褐色，便开始一生之中第一次振翅起飞。整个过程也就半个小时，完成了神圣庄严的"成人礼"。

蝉的生命在地下孕育时间很长，短则三五年，长则十五年十七年。脱壳之后生命之花绽放的日子很短暂，也就那么两个多月，比起昙花强一些。生命的质量不在长短，短暂的生命也会质量很高。因而无论是雄蝉还是雌蝉都很珍惜夏季两三个月，不负时光不负生命不负自己，尽情炫耀，尽情展示，让生命的厚度和宽度最大化拓展，让短暂的生命更加灿烂更加辉煌。人类从猿进化到人，经历了一个漫长的过程，但对于个体来说，生命又何其短暂。从这一点来说人类和蝉的命运倒也有点相似。雄蝉展开歌喉不停地歌唱，最拿手的就是凤求凰，吸引来佳人完成天作之合，完成生命的延续。"北方有佳人，绝世而独立。一顾倾人城，再顾倾人国"。当雄蝉与雌蝉完成交媾之后，精心孕卵产卵成了雌蝉短暂生命中最重要的事情。

诗人同蝉有着不解之缘。古人认为蝉饮风喝露不食人间烟火，并不沾染人间的肮脏之物，属尘世间最高洁之物。古代诗歌里咏蝉的不少，不同的诗人眼里的蝉也是不一样的，所思所言所咏肯定也是不一样的。诗言志，不同时期的蝉，诗人赋予的意象也是不同的。唐代诗人咏蝉三绝当属虞世南的"居高声自远，非是藉秋风"、骆宾王的"露重飞难进，风多响易沉"和李商隐的"本以高难饱，徒劳恨费声"，让后世诗人像当年李白登上黄鹤楼看到崔颢的诗一样，望而却步不敢提笔。

蝉壳可以入中药。上初一时六月份里我们几个要好的男生就一起捡蝉壳拿到药铺去卖。早晚趁着天不怎么热，我们一身短袖短裤拿着木杆子，提着小袋子来到村外的小树林。低头弯腰先在树根下仔细寻找蝉幼虫破土而出留下的小洞，然后顺着洞周围蝉幼虫爬行留下的痕迹，抬头在树干上努力地搜寻，就会找到挂在树上的蝉壳。

"看，在那！"小钢炮眼尖一边兴奋地叫着，一边翘起脚挥着手指着。大个子顺小钢炮手指的方向，用木杆轻轻一戳，蝉壳就跌落到草丛上。我轻快地随手捡起来，漫不经心放进袋子。运气好的话，一早上就可以捡上一大袋子。我们满心欢喜满载而归，如同凯旋的将士。我们屁颠屁颠把蝉壳交到药铺换来一两块钱，买来钟楼小奶糕、太阳牌锅巴，大家美美地享受一番自己的劳动成果，那种高兴的心情无以言表。

不知从何时起，南方人吃油炸蝉猴（蝉蛹）的嗜好传到了北方。朋友说它不仅是人间美味，也是神仙的至爱。我和妻子经不起诱惑，暑假的晚上，打着手电在校园的树下挖起了蝉幼虫。我们在每一棵树下仔细查看，发现有新鲜湿润的虚土拱出地面，那下面一定就有蝉幼虫。用树枝在虚土旁用力挖，露出一个圆圆的小土洞，里面一只黄嫩微、肉乎乎的蝉幼虫正蠢蠢欲动，努力地钻出地面。我用树枝轻轻一拨，一只蝉幼虫就到手了。刚刚上幼儿园的儿子像葫芦娃，把蝉蛹拿在手里，自顾自玩得入了迷。不到半个小时，我们就挖了鼓鼓一袋子，少说也可以炸上两盘子。妻子甚是欣喜，儿子高兴得手舞足蹈，我们哼着小曲回到小家。

妻子把蝉蛹洗了一遍又一遍，洗得干干净净，放进滋滋冒气的滚油锅。可怜的蝉蛹垂死挣扎了一下，瞬间一个个就焦黄焦黄的，一股异香弥漫整个宿办房。胆大的妻子第一个拿起了一只，有滋有味地吃起来，嘴角流着油，眼里洋溢着幸福，吃相很具有诱惑力。儿子看得直流口水，经不起诱惑，也抓了一只，小心翼翼塞进嘴里，试探着慢慢嚼起来。儿子越嚼越快，越嚼越香，吃了一只又一只。我很想吃一只，可惜我没有那样的脏腑。我并不是素食主义者，只是无缘享受此美味。

随着动物保护意识的增强，人们早已不吃蝉蛹了，蝉蛹不知道是否会成虫？好想听蝉鸣。

寒露到了，蝉的生命全都终结了，可惜今年听不到了。

{信仰的力量}

信仰是一个人的灵魂，是一个人的精神支柱，信仰也是一个民族、一个国家的灵魂和精神支柱。古今中外多少仁人志士用鲜血诠释它，多少伟人庶子用生命捍卫它，他们的壮举让人类、让万物、让世界一次次感受着信仰的强大力量。

电影《血战钢锯岭》讲的是一个二战上等兵军医戴斯蒙德·道斯的真实传奇经历。虔诚基督徒的他拒绝携带武器上战场，作为一名军医虽然体格瘦弱，但他在冲绳战役中两天两夜赤手空拳从钢锯岭救下 75 位战友，创造了人类战争史上的奇迹。也再一次感动着我，感动着世界，让我和世界又一次感受到信仰的伟大力量。

戴斯蒙德·道斯少年时代，一次打架差点打死自己的亲弟弟，母亲用《圣经》里的摩西十诫中的第六诫"不可杀人"教育他。从此这本《圣经》就天天陪着他，伴着他走完了一生。母亲的教导、《圣经》的内容牢牢地刻在了他的心里。血战钢锯岭的几天几夜里，他始终怀揣着母亲送给他的那本《圣经》，每天都不忘记祷告。《圣经》成为他一生的信仰。他被战友抬上担架的那一刻，手里一直紧紧攥着那本被硝烟玷污的《圣经》。

对于西方世界的基督徒来说，一部《圣经》就是他们的信仰。这个信仰无时无刻不在影响着他们的生活、行为、举止和思想，正是这个信仰支持着戴斯蒙德·道斯创造了二战中血战钢锯岭的奇迹。我国历史上在信仰支持下完成人生壮举的也层出不穷，春秋有左伯桃和羊角哀舍命全交，唐有拒死不降被叛将缢死的颜真卿，宋有宁死不屈的文天祥，近代有视死如归的李大钊、英勇就义的瞿秋白和把牢底坐穿的夏明翰，当代有坚持真理惨遭杀害的张志新……他们为了信仰前赴后继，不惜流血牺牲。

然而不知从何时起国人出现了信仰危机。改革开放，经济大发展，社会大繁荣，商品经济的浪潮让铜臭腐蚀了国人的信仰，国人固有的信仰殿堂轰塌，出现了信仰的荒漠和真空。一些人满脑充斥"唯经济主义"，几乎钻进了钱眼。难怪有院士痛指国人害了"爱钱的病"。一些人为了孔方兄不择手段出卖良心，为了权力不知礼仪廉耻，失去了敬畏，行无矩，举无止，跨越了底线，肆无忌惮为所欲为。一些人内心空虚，精神虚晃，心灵孤独，灵魂无处安放。轻则行尸走肉对生活失去热情，浑浑噩噩，重则悲观厌世轻生。一个没有信仰的人就失去了其社会属性。一个没有信仰的民族是没有希望的民族，也是没有未来的民族，更谈不上屹立于世界民族之林，更谈不上实现中国梦了。当下的中国亟须重新构建起个人、民族和国家的信仰。

要根植传统文化挖掘信仰。以儒释道为主的中国传统文化源远流长，大部分已根深蒂固于中国社会的各个阶层，可以说融入到了中华儿女的血脉之中，成为每一位华夏子孙的文化和信仰的基因。随着对外开放的深入，外来文化、思想汹涌而来势不可当。已渗透到各个阶层，特别对年轻一代新生阶层影响较大，对国人固有的信仰造成了强大的冲击。因此既不可故步自封夜郎自大，也不可妄自菲薄。要有强烈的忧患意识，摒弃传统文化糟粕，发掘弘扬传统文化的精髓和精华，同时不断完善国人的信仰体系。传统文化是中华民族的根，完全抛弃了传统信仰就会成为无源之水无本之木。要挖掘传统文化、信仰的优秀成分，并且不断发扬光大，成为信仰的主流。

要立足国情和时代培植主流信仰。"橘生淮南则为橘，橘生淮北则为枳"，一方水土养一方人。重构国人信仰体系，一定要立足国情，适合国人实际。适宜种苞谷，却强行推广高粱，历史上是有过深刻教训的。同时还要顺应时代发展潮流。社会日新月异，文化要与物质同步，道德信仰要与经济相适应，否则就如同鸟的两翼失去平衡，终会折戟沙滩。既要符合传统文化，但又不可固守，一定要发展，而且紧扣时代脉搏。"上胡不法先王之法？"原因在于"凡先王之法，有要于时也"，"时不与法俱在"，今"时势异也"。"明者因时而变，知者随事而制"。社会要发展，主流信仰也要发展。

要面向未来和世界发展主流信仰。重构国人的信仰体系，既要着眼民族和国家的未来，谋长远之策，还要放眼世界，包容借鉴吸收各国的先进文化。要"不畏浮云遮望眼"，"风物长宜放眼量"，要为子孙谋、为后世谋，发展民族的信仰。要从全球的视野，世界的目光构建信仰体系。学习一切人类文明成果，汲取他人信仰的优秀成分，积极借鉴，使舶来品中国化、本土化，蝶化为国人信仰的有机部分，实现洋为中用。学习研究佛教中国化这个成功的典范，构建国人主流信仰体系。

周末，一轮旭日映红半个古城，一群年轻的志愿者在捡拾垃圾，一帮义工正在孤儿院陪孩子们做游戏，一队爱心人士正在敬老院里帮老人洗涮……

远眺龙首原未央宫，近看南湖大唐芙蓉园，我心满满。

｛鹤鸣茶韵｝

北京和成都的盖碗茶久负盛名。20 年前到北京学习，和朋友专门走进茶馆，做了一回茶客，体验了一次北京盖碗茶。就像走进了话剧《茶馆》，既有喝茶的乐趣，还了解了一些北京城各阶层的逸闻趣事。遗憾的是去成都的次数比北京多，但一直没有喝过成都盖碗茶。

今年夏天一次到成都出差，恰好有半日闲暇，有幸到人民公园的鹤鸣茶社喝过半日茶。鹤鸣茶社是民国时期成都少城公园里六大茶社之首，也是成都历史最早、影响最大的露天茶社。抗战末期，"清华四大导师"之一的著名学者陈寅恪先生常常在此以茶会友。

成都的茶社不同于北京的茶馆。走进鹤鸣茶社，露天树林里一个个小黄色方桌，几把竹椅子，一拖二、一拖三、一拖四，单摆的、连摆的，客人根据需要选择茶座。我选择了靠人工湖边的一个茶座，独自坐了下来。茶社的一位美少妇帮我点了一杯黄茶，我学着成都人的样子，独自慢慢地品着。

早晨8点，茶社喝茶的人并不多，也就十来个左右，多是一些退休的老太太老大爷，摆起了龙门阵。一会儿茶社的人就多起来了，一对对年轻的情侣、一帮帮闺蜜，一伙伙朋友，当然也少不了一个个孤男寡女。偶尔也会有一两位藏族同胞和几位外国朋友。茶社原本就是小天地小市井，如同舞台一样反映大社会大历史。

六月的成都，又闷又热。慢生活的成都人也许已习以为常，心不急自然人也就不那么热了。久居唐长安城的我，一大早浑身就汗涔涔的，心里泛起焦急的涟漪，浑身细胞有点躁动不安，随时有可能跳出体外。

旁边靠湖的茶座一对年轻情侣像陌生人一样，分坐在茶桌两边，各自面对人工湖，低头玩着手机，不知是打游戏还是在喝那些心灵鸡汤。想起来了，喝上那么一口茶，想不起来了，头埋在手机里懒得连抬也不抬。旁边一对闺蜜，一胖一瘦、一俊一丑，兴致倒很浓，边喝茶，边聊天。胖丑一点的那一位表情有点凝重，脸上肌肉绷得有点紧，鼻子眼睛嘴巴眉毛稍稍有点移位。她们一口带着普通话腔调的成都话，真有点南腔北调，也许正是年轻成都人不同于老成都的地方。我这个北方人断断续续听出了一些，好歹也能听出了个大概。大致是胖的闺蜜办了一个小文创公司，最近公司遇到了小小的挫折心情有点糟，向瘦闺蜜倾诉倾诉。瘦闺蜜一方面安慰安慰，同时给出出主意。胖一点那位女士的脸上慢慢退去乌云，洒下一片灿烂的阳光，就连拧着的眉毛也有了笑意。

成都闷热的天气，作为北方人的我很不适应。面对人工湖，静静地坐着，一杯一杯喝着盖碗茶。湖边五角枫树干倾斜，要不是水里的木桩撑着就会倒在湖里，黄葛树枝枝丫丫，灌木茂密葱葱。两只麻雀旁若无人在树枝上跳来跳去，一会儿翩翩起舞，一会儿对着湖面梳理羽毛精心装扮。偶尔一只燕子风度翩翩枝头亭亭玉立，十分绅士。岸边树丛下，一只老鼠大摇大摆招摇过市。

起初湖里仅一两只小船，一会儿就多起来了。这儿小孙子握着方向盘驾着小船，爷爷帮忙掌舵，奶奶紧随其后在小湖里游弋。那儿爸爸妈妈带着孩子游湖，孩子爸爸一人一只船桨，孩子划得可卖力了。

近处，两个妈妈带着孩子划着的小船与一位外国母亲和三个孩子划着的小船撞在了一起，五个孩子拍着小手开心地笑了。那笑容是那样天真、那样灿烂。虽然语言不通，母亲们也会心地一笑。笑是无国界的，爱是无种族的。一会儿过来一只小船，一对两鬓染白霜的老年夫妇，老头握着方向盘，老太太像小孩一样高兴地坐在一旁。第二圈过来，老太太已经幸福地睡着了，斜耷着脑袋，微微起着鼾声。老头也不恼，兀自笑眯眯开着小船。望着这对老人，我羡慕之余竟生出些许妒意。老小老小，老了也就小了。俗话说"家有一老是个宝"，如今小孩子是宝，老人嘛已经不再是宝了。

独自一人，远在异地，茶社里没有一个我认识的人，也没有一个认识我的人。我像一滴水被淹没在茶客的海洋里。盖碗茶的热气袅袅而起，悠悠地品上一口，头上不再冒汗，身子不再燥热，浮躁的心竟然不再骚动。这清茶竟有如此神奇的功效？非也，那又是什么呢？只有到巍巍高山上才能听到真正的山歌，到茫茫的海边才能听到真实的鱼谣，去滚滚的黄土高坡才能听到本色的信天游，去莽莽青海草原才能听到原汁的花儿。只有到茶社才会有喝茶的意境。

境由心生，心静自然凉。只要心里充满阳光，眼前永远都是春天，冬天照样开满雪花。

一晃几个小时过去了，我该离开茶社了。不过一时半会儿我的心还走不出茶社，唉，我不知道自己留恋什么？

人生如梦。一个梦醒来我已近知天命之年了，人生到了下半场，离谢幕不远，该是向死而生了。

人生其实就是一个修行和觉悟的过程，就像在茶社里喝茶，喝着、聊着、品着、笑着，走着、看着、活着、悟着，不知不觉就"入得金木水火土五行之内，出得金木水火土五行之外"，不知不觉就"看山还是山，看水还是水"。

{白水有味}

少年时期，我从来不喝一口白开水，因为觉得喝白开水比喝药还难受。有时喝一口白开水就反胃，哇哇想要呕吐。母亲常常戏谑，"看你难受的样子，喝白开水总比死好吧"。没经历过死，当然不知道死有多么难受。反正我喝不下白开水。

三爷最爱喝白开水。三爷住在大槐树下，旧社会当过私塾先生，村里人称他"大先生"。三爷写得一手好毛笔字，还能画画，村里红白喜事离不了他，又是写对联，又是给大立柜、皮箱上画山水和花鸟，又是给老人画枋（棺材）。他每天手里捧着个宜兴壶，神闲气定地品着，我很是羡慕。我以为三爷喝的是茶，有一天趁三爷不注意，端起三爷的茶壶偷偷地喝了一口，竟然没忍住给吐了。原来三爷喝的是白水。我疑惑地看着三爷，三爷却微笑地看着我，不紧不慢捋着山羊胡子，继续品着他的白开水，自言自语道："白水里啥都有。"

白开水寡淡无味，难以下咽，进到胃里像吃了生萝卜一样，如猫抓般挠心。那时父亲在外工作，家里"一头沉"，和城市人比囊中羞涩，但是和村里人比我家算是富裕，喝水多是白糖水，偶尔喝点淡盐水。那时候吃喝口味也很重，吃饭盐要咸、醋要酸、油要汪、油泼辣子要辣。有了味精之后，顿顿离不了味精和鸡精。各种调和重一点，吃起来就有味，吃着香，胃口也好，食欲大增。

参加工作以后，自己多少能挣些钱，就鸟枪换炮了。白糖水、淡盐水改成茶。工资收入一年一年高了，茶叶的档次也随着水涨船高，喝茶也就讲究起来了。置了茶壶不说，还花上几千块钱买了一个楠木茶海，又订上桶装的秦岭矿泉水。我有一个嗜好，喝茶喜欢喝浓茶，喝酽茶。每每茶叶放得很多，茶色要么绿赫绿赫如度母绿，要么黑红黑红像鸡血石。茶香馥郁绵长，喝一口不仅够味，而且回味无穷，如同高度白酒很是刺激、很是享受。茶叶若放少了，茶味寡淡，喝了索然无味，如同饮了啤酒，一点也不能尽兴。有人喝了浓茶，晚上兴奋得睡不着。我却例外，喝了浓茶，晚上照样睡得很香很熟，竟然连梦也不做，一觉睡到大天明。

说起喝茶，说道不少。按加工工艺茶分六类——绿、白、黄、青、红、黑茶。不同的茶，不同的发酵程度，不同的口味，不同的功效，不同的水温，不同的沏法。更为重要的是国人讲究不同的季节喝不同的茶。春天，一杯温润的绿茶入口，如春雨润物润喉又润肺；夏天，一杯淡淡的白茶，如凉风拂面清心又明目；秋天，一杯甘鲜的青茶或黄茶，如水漫心田舌生津体生水；冬天，一杯香浓的红茶，如坐火炕暖心又驱寒。茶味如同春、夏、秋、冬四季，又像人生幼、青、中、老四个阶段。喝茶就如同品人，喝茶就像悟人生。茶里不仅有四季、有生活、有人生、有春秋、有天下，也有酸甜苦辣、悲喜荣辱、成败荣枯。

前几年乔迁新居，故作高雅，给书房取名"真水斋"。书桌前挂了一幅朋友送我的横幅——"真水，无香"。真水也可以说是白水，"真水，无香；真人，无智、无德、无功，亦无名"。怎奈我达不到那样的境界，心中有愧，不敢告诉亲朋。

不觉就到了知天命之年，忽然有一日觉得口味变了，吃饭盐轻了、醋淡了、油寡了、辣子少了，竟然不想吃味精和鸡精了，味精鸡精进嘴，一股酸腐味。就连水果也吃得少了。小时候我吃水果量大得惊人，一大洋瓷盆子梨，不出一天就一扫而光，别人常常看得目瞪口呆。谁知如今，买回几个苹果，老想不起来吃，放的时间长了坏了，只好无奈地扔了。即使偶尔想起来了，却没有胃口，一次一个都吃不完。怪了！看来岁月不饶人。随着年龄的增长，各种器官的功能也开始衰退，对味道的敏感度大大降低了。真是老年不要提幼年，好汉不提当年勇，难怪说"廉颇老矣，尚能饭否"。

年前妻子购回巴西酵素，据说有保健调理之功效。在妻子的"威逼利诱"下，我喝起了酵素，加入了养生的行列。喝酵素就不能喝茶，每天需要喝大量的白开水。每天一大早起来，两杯白开水，一天六大杯，天天如此。一个月下来，多年养成的喝浓茶的习惯竟然被改变了，开始习惯喝起白开水来了。从此竟不再喝茶了。

奇怪的是，白水喝得多了，竟然喝出了茶味，喝出了禅味，喝出了酒味，喝出了诗味，喝出了好多好多味道。白水喝出了屈原、李白、杜甫、苏轼的诗韵，喝出了吴道子、宋徽宗、八大山人的画意，喝出了老子、孔子、王阳明的圣学，喝出了儒、释、道的真谛……白水越喝越上瘾。正所谓，大音希声、大象无形。原来白水里有山有水，有天有地，有诗有画，有情有义，有世界，有历史；白水中也有七情六欲、喜怒哀乐；白水中还有思想，有精神，有信仰。只是我过去没有喝出来而已。这就像古人的水墨画中的留白，留给观赏者无尽的体味和遐想，那些阅历丰富、饱经沧桑的耄耋者会读出更多的味道；就像人漫长的一生，更多的是平淡，令人回味最久的恰恰是这些平淡。

忽然我想起了陈忠实先生的一篇散文《白墙无字》，白墙无字实有字，字写在人的心里。于是明白了，白水原本无味，白水的味道尽在喝水人的心中。现在我明白了三爷的话。

阴阳五行学说讲究相生相克。水生木，水也能生万物，水还能养人的心。水克火；水能克各种形态的火，水还能浇灭人心头的火。

白水看似无味实有味。

{后记}

2016 年 12 月 28 日，中国作协副主席贾平凹在第二届丝绸之路"六年西凤杯"青年散文大赛颁奖典礼上，为我颁发金奖之后说过一句话："写作的人就像下蛋的母鸡，鸡有蛋了就要下，不下那也憋得慌么。"

我不是一只常下蛋的鸡，充其量只是刚开始下蛋的母鸡，而且下的蛋成色并不好。那次获奖之后，我一直坚持在行政工作之余写点小散文。原本自娱自乐聊以慰藉自己孤独的灵魂，填补些许无端的空虚和寂寞。见诸报端篇数也有一些，西安晚报社的高亚平、章学峰两位先生鼓励我出一本散文集，我自觉自己的散文还很青涩，就写散文而言连一个票友也算不上，怎敢出书？但又经不起鼓惑和怂恿，遂出了自己的第一本散文集《另一个长安》，凭借它我加入了陕西省作协。《另一个长安》在我的家乡产生了不小的影响，特别是十多个六七八十岁的老文学爱好者来信、来电，或褒扬或诗贺或谈感受，对我是莫大的鼓励和鞭策。老天对我很眷顾，《另一个长安》幸运地荣获第八届冰心散文奖·散文集奖。从蒋子龙副主席手上接过获奖证书，从周明会长手上接过奖牌时我激动得流下了眼泪，几年的业余写作终于对自己有了一个交代。

少年时代曾经有过作家梦，可惜这个梦只是一个黄粱美梦，注定我不会成为作家。师范毕业后教起初中语文，一教就是 20 多年。不到而立之年，担任初中校长后开始写点管理文章，偶见于报纸杂志，野心勃勃想成为李镇西，成为李希贵。出于诸多原因，我没有能成为教育专家。我毕竟是凡人俗夫，一辈子脱不了俗身。繁重的行政工作让我过得并不充实，总觉得缺点什么。工作之余在别人喝酒打麻将娱乐的时候，我敲起了键盘，写起了小散文。失之东隅，收之桑榆。数年下来就有了几十万字的散文，于是就有了第一部散文集《另一个长安》。

我喜欢散文，是散文忠实的读者，尤其爱读冰心、沈从文、孙犁、汪曾祺、余光中、贾平凹、刘亮程的散文。我坚持写点小散文，想用散文和大家分享我、我周围的人和我的家乡的故事，中国散文学会常务副会长红孩老师在给我的第一部散文集《另一个长安》推介一文说"这种执着是融进我的血液里，这里的水源浸润着我的心田和心灵"。正如红孩老师所言，我本是教师出身，教师为人师表言行举止中规中矩，多年教的是语文，束缚在传统散文里。加之受父亲和秦腔的影响，我的散文写作不免有些定式化，同时读书不多，书卷气不足，这一点我是有自知之明的。我努力试图跳出传统的圈子，囫囵吞枣读一些文化书籍，然而江山好移秉性难改，文风提升甚微，看来一时半会要改变也不那么容易。随着工作环境的改变，视野不断开阔，我的散文会朝着大散文迈进。我的散文多是写实，缺乏空灵，缺少那么一口气。这就好比人气息不够，血液流动慢，中医称之为气血不足。按照诸位老师的指导，我也在恶补一些美术、音乐、哲学和宗教知识，尝试借鉴美术、音乐等其他艺术门类的语言和技巧，把散文写得空灵一些。

也许我与散文有缘，散文或许伴我下半生。前边路是黑的，谁也说不上来。老人说"三十不学艺，四十不改行"，再说我已近知天命之年，也学不会其他艺门了，不管怎么样我会坚持写下去。期待我的下一部散文集不再让红孩老师、朱鸿老师失望，也不让读者失望。

《静听长安》是我的第二部散文集，至于怎么样，只能交予读者感受了。孕妇十月怀胎，一朝分娩。孩子是要生下来，总不能胎死腹中，那样孕妇是有生命危险的。至于孩子是丑是俊，那是由不了孕妇的。丑也罢，俊也罢。再说新媳妇总是要见公婆的，不能一辈子待在新房里。我不愿意它在我怀里发霉，甚或烂掉，于是不再纠结，还是把它拿到屋外晒晒阳光吧。

《另一个长安》是我为泉下的父亲母亲而写的，算是给父母的祭礼，也是对过去的一个回忆。《静听长安》是我为儿子写的，要儿子了解故乡的前世和今生。父母已融化在故土里，我最终也将回归到那里，至于儿子、未来的孙子归宿何处，我不得而知，我也管不了。我还将为未来的孙子写下一部散文集，一直坚持写下去，也算是我对父母、对儿孙、对故乡的一个交代。我是土生土长的长安人，长安的一山一水、一草一木、一村一寨，我都很熟悉。长安的人、长安的吃食、长安的乡风，我都很亲切。我用自己的笔书写着传播着他们的故事，就像红孩老师说的我"在家乡打一口深井"。我很想为他们做些事，但是我能做的也只有这些。

写完后记的最后一句话已是寒露过后霜降就要到了。北方农谚说"寒露时节人人忙，种麦、摘花、打豆场"，田野里满地碎土，麦苗刚刚探出头，远远还瞧不到绿，近处仔细看只能找到无数细小的绿芽。这些无数的绿芽就像密密麻麻的文字，写满了历史和文化。"小麦点在寒露时节口，点一碗，收三斗"，但愿乡亲们明年有一个好收成。至于我，只问耕耘不问收获。

在我写作的过程中，有幸得到中国散文学会名誉会长周明老先生、常务副会长红孩老师，陕西省作协副主席、著名作家朱鸿老师，陕西省散文学会会长陈长吟老师，陕西师范大学新闻传播学院原院长刘路老师等给予的指导，在此一并致谢。

特别感谢朱鸿老师，在我出了第一本散文集后立即发来短信祝贺，如今又在百忙中不吝笔墨为我的《静听长安》写下洋洋洒洒的序言，乃是对我莫大的鼓励与支持。

王小洲

2018 年 10 月 20 日

图书在版编目（CIP）数据

静听长安 / 王小洲著 . — 西安：陕西人民出版社，
2019（2025.1 重印）

ISBN 978-7-224-13117-8

Ⅰ . ①静… Ⅱ . ①王… Ⅲ . ①散文集—中国—当代
Ⅳ . ① I267

中国版本图书馆 CIP 数据核字（2019）第 025147 号

静听长安

作　　　者	王小洲
出 版 发 行	陕西人民出版社
	（西安市北大街147号　邮编：710003）
印　　　刷	三河市众誉天成印务有限公司
开　　　本	787mm × 1092mm　16开　18印张　2插页
字　　　数	200千
版　　　次	2019年1月第1版　2025年1月第2次印刷
书　　　号	ISBN 978-7-224-13117-8
定　　　价	68.00元